AtV

Erwin Strittmatter wurde 1912 in Spremberg als Sohn eines Bäckers und Kleinbauern geboren. Bis zum 17. Lebensjahr Realgymnasium, danach Bäckerlehre. Arbeitete als Bäckergeselle, Kellner, Chauffeur, Tierwärter und Hilfsarbeiter. Im Zweiten Weltkrieg Soldat, desertierte er gegen Ende des Krieges. Ab 1945 arbeitete er erneut als Bäcker, war daneben Volkskorrespondent einer Zeitung und seit 1947 Amtsvorsteher in sieben Gemeinden, später Zeitungsredakteur in Senftenberg. Lebte seit 1954 als freier Schriftsteller in Dollgow/Gransee. Er starb am 31. Januar 1994.

Romane: Ochsenkutscher (1951), Tinko (1955), Der Wundertäter I–III (1957/1973/1980), Ole Bienkopp (1963), Der Laden I–III (1983/1987/1992), Erzählungen und Kurzprosa: Pony Pedro (1959), Schulzenhofer Kramkalender (1966), Ein Dienstag im September (1969), 3/4hundert Kleingeschichten (1971), Die Nachtigall-Geschichten (1972/1977/1985), Selbstermunterungen (1981), Lebenszeit (1987), Vor der Verwandlung. Aufzeichnungen (hg. von Eva Strittmatter, 1995). Aus Tagebüchern: Wahre Geschichten aller Ard(t) (1982), Die Lage in den Lüften (1990). Dramen: Katzgraben (1953), Die Holländerbraut (1959).

»Die realistische Poesie Strittmatters ist die eines Gärtners und Künstlers, der Menschen wie Bäume und Bäume wie Menschen zeigt und dessen Ziel die Wahrheit ist – in der Natur, im Menschen und in der Kunst –, Wahrheit als Ziel und Mittel.«

Lew Kopelew

»Autobiographisches, Resümierendes, Alltägliches und Nicht-Alltägliches, Anekdoten und Nachdenklichkeiten – vom Leben eben erzählt Strittmatter, überzogen mit dem warmen Glanz der Poesie, die er so begehrte und verehrte und entdeckte in Dingen, denen wir es nicht ansehen.«

Neue Westfälische, 29. 4. 1995

»Strittmatter war der geborene Erzähler.«

Neue Zürcher Zeitung, 8. 8.1995

Erwin Strittmatter

Als ich noch ein Pferderäuber war

Geschichten

Aufbau Taschenbuch Verlag

ISBN 3-7466-5432-7

3. Auflage 2001
Aufbau Taschenbuch Verlag GmbH, Berlin

Einbandgestaltung Torsten Lemme
unter Verwendung eines Fotos von Corel
Satz LVD GmbH, Berlin
Druck und Binden Clausen & Bosse, Leck
Printed in Germany

www.aufbau-taschenbuch.de

Inhalt

Sehnsucht

Die Wolken traten zur Seite, der Himmel klärte sich, und die Schneekristalle veränderten sich im Sonnenlicht. Viele von ihnen wechselten die Gestalt, verschwanden in der Erde und begaben sich auf die unterirdische Strecke des Wasserkreislaufs.

Nebenstrahlen des Sonnlichts, die das menschliche Auge nicht wahrnimmt, drangen durch die Federn der Vögel, erreichten ein kleines Sonnensystem in den Vogelleibern, die Drüsen, und die Drüsen sandten ihre wunderwirkenden Säfte ins Vogelblut. Die Vögel wurden lustig, lüstig und sehnten sich.

Als der Mensch den Gesang der Vögel vernahm und die Sonne auf seiner Haut fühlte, gingen auch in ihm Veränderungen vor: Seine Singstimme löste sich, und da er nicht wußte, was er singen sollte, summte er, und seine Nasenhöhle vibrierte und setzte sein Hirn und den Sitz seiner Sehnsucht in Schwingungen.

Die Ankunft der Stare

Föhnwind fiel ein, und der Schnee taute; er taute zwei Tage, und die Erde wurde sichtbar und begann zu duften, und über den Hof ging man wie über nasse Säcke. »Niwre Rettamttirts will ich heißen«, sagte ich zu meinen Söhnen, »wenn heute nacht die Stare nicht kommen!«

Meine Söhne nahmen mich beim Wort. Ich hatte leichtsinnig mit meiner Vaterautorität gespielt. In der Nacht wurde ich mehrmals wach, ging ans Fenster und lauschte hinaus. Der Himmel war bewölkt, und ich hörte nicht den geringsten Laut von ziehenden Vögeln. Und auch am Morgen vor meinem Arbeitsbeginn lauschte ich in die Dunkelheit, und es waren keine zuwandernden Vögel in der Luft.

»Na, Vater, was ist mit den Staren?« fragte mein Sohn Matthes am Frühstückstisch, aber da kam Ilja vom Pferdeputzen aus dem Stall und sagte: »Leider, es wird nichts mit dem verrückten Namen; auf Nachbars Fernsehantenne sitzen zwei Stare.«

Wir rannten hinaus, und die Stare saßen auf der Antenne und pfiffen, und ich sah dankbar zu ihnen auf, weil sie meine Vaterautorität gerettet hatten, aber da fragte Ilja: »Was war dieser NIWRE RETTAMTTIRTS eigentlich für ein Clown?«

Konnte ich verraten, daß ich es war, wenn man meinen Namen von hinten las?

Birken

Zuweilen kehren die Erdbewohner, die wir Bäume nennen, ihre Eigenheiten besonders deutlich hervor. Es kommt auf die Stellung des Lichts an. Das Licht aber hängt von der Jahreszeit, die Jahreszeit von der Erdlage und die Erdlage von den sich wandelnden Verhältnissen im Weltraum ab: So kommen alle Dinge auf Erden ZU IHRER STUNDE.

Gestern hatten die Birken ihre Stunde; eine Reihe hundertjähriger stand an einem zerfahrenen Feldweg vor einem enzianblauen Märzhimmel. Der Schnee auf den Feldern war verharscht und reflektierte das Sonnlicht. Die Hundertjährigen agierten bei Ober- und Rampenlicht, wie man auf dem Theater sagen würde. Ihre hängenden Haarzweige bewegten sich im Felderwind, und ihre Rinden waren borkig wie altes Gebäck, mehr schwarz und grau als weiß. Sie waren Grenzbäume zwischen Weg und Feld und hatten lebenslang Raum genug auszuladen und sich zu breiten. Sie mußten sich breittun, der Ostwinde wegen, die im Winter an ihnen zausen. Jede Birke war dort ein Charakter, doch nicht charakteristisch für ihre Art.

Anders ihre Schwestern, die, zu einem Birkenwäldchen vereinigt, in einen alten Kiefernwald gebettet, am Seerand standen. Während es unter den Kiefern dunkel und moosdüster war, war's unter den Birken sauber und hell wie in einer gut geputzten Stube, in der die Halbwüchsigen wie Mädchen in weißen Kleidern standen. Sie sahn auf den See mit den rungsig redenden Bauerngänsen hinunter und tuschelten einander – auch das wie Mädchen – bei jedem Windstoß Geheimnisse zu. Ihre Rinden waren von steigenden Säften belebt. Sie glänzten birkenheiter in den Tag.

Hinten am Hang lag eine vom Wind gebrochene Birkengroßmutter am Boden, und wenn der Fallwind herniederstieß, ächzten ihre Äste. Ihre Rindenröcke wellten und pellten sich, zeigten die zimtbraunen Unterseiten, während die dünneren Zweige noch glänzten. Und die Alte reckte sie der Sonne hin, als erhoffte sie, mit Hilfe dieser jugendlichen Reiser vom kraftweckenden Licht noch einmal ins Leben gerissen zu werden.

Schwätzer

Stare ahmen den Gesang und das Geplärr anderer Vögel nach. Einzeln gehalten, schwatzen sie ganze Sätze der Menschensprache nach. Es gibt ja auch Starenmenschen, wie wir wissen

Vor Jahrzehnten, so wird erzählt, hielt sich ein Organist einen Star im Käfig. Als er seinem Herrn eines Tages entflog und mit anderen Staren in das Netz eines Vogelstellers geriet, plapperte er einen Satz nach, den er häufig von seinem Herrn gehört hatte: »Ich bin der Kantor von Jüterbog.« Der abergläubische Vogelfänger erschrak und ließ diesen Star und alle seine Artgenossen, die sich im Netz befanden, frei.

Jener Star, der im Kasten, rechts von meinem Blumenfenster, wohnt, hängte seinem Gesang bisweilen die Strophe der Haubenlerche an. Sicher hatte er den Winter in der Nähe einer Haubenlerche verbracht, und deren wehmütige Melodie hatte sich in sein Starenhirn eingedrückt. Der Gesang der grauen Vogelschwester mit dem Federhäubchen hatte meinem Star Eindruck gemacht.

Weshalb mich die Stare an meine Großmutter erinnerten

Ich hörte ihren Pfiff. Fünf Stare saßen auf der Fernsehantenne und sahen nach dem langen Flug aus der Winterheimat ein wenig verwelkt aus.

Es fiel noch einmal Schnee, und der blieb eine Woche liegen. Die Stare zogen in die Wälder, aber wenn unser Hund sich satt gefressen hatte, waren sie da und säuberten den Hundenapf. Nach der Mahlzeit probierten sie hin und wieder einen kühnen Pfiff, aber danach zogen sie die Köpfe ein und ließen die Flügel hängen, als bedauerten sie, unzeitgemäß fröhlich gewesen zu sein.

Menschengedanken fliegen mit Überlichtgeschwindigkeit; nicht nur in die Weite, in die Höhe und in die Tiefe, sondern auch in die Zukunft und in die Vergangenheit: Das Verhalten der Stare erinnerte mich an meine Großmutter, die vor vierzig Jahren starb. Sie sang zuweilen mit brüchiger Stimme, die an Jodeln erinnerte, ein Lied, das wir Kinder gern hörten: »Wie heißt König Ringangs Töchterlein? / Rohtraut, Schön-Rohtraut. / Was tut sie denn den ganzen Tag, / da sie wohl nicht spinnen und nähen mag? / Tut fischen und jagen ...«

Der Text war von Eduard Mörike, aber das wußten wir damals noch nicht.

Man mußte die Vatermutter ausdauernd ums Singen bitten. »Wenn ich sing, passiert was«, behauptete sie. Einmal hätte die Tante ihren goldenen Ehering verloren, nachdem Großmutter gesungen habe, ein anderes Mal hätte drei Wochen nach dem Gesang der Alten die Kuh verkalbt, und als Großmutter im Jahre zwanzig zu ihrem Geburtstag im Oktober gesungen habe, wäre jahrsdrauf im Januar der Großvater gestorben. Aber welche Großmutter kann beharrlichen Enkelbitten widerstehen? Am Abend ihres fünfundsechzigsten Geburtstags gelang es uns, die Greisin zum Singen zu überreden. Vielleicht hatte auch der Alkohol eines Gläschens Grog mitgeholfen, das Lied von Schön-Rohtraut in der Großmutter lockerzumachen. Sie glühte und sang: »Was siehst du mich an so wunniglich? / Wenn du das Herz hast, küsse mich! ...«

Unser Wolfsspitz tat, wenn er Gesang oder Mandolinengeklimper hörte, auf seine Weise mit. Es waren in ihm noch seine Urväter, die Schakale, zugange, und am Geburtstagsabend der Großmutter hielt er den Ziehbrunnen für den geeignetsten »Steppenhügel« zum Mitsingen.

Großmutter sang, der Wolfsspitz heulte und sprang auf den Brunnenkasten, aber der Deckel des Kastens war nicht geschlossen, und der Hundegesang verwandelte sich in ein Plätschern.

Meine Schwester, die um Wasser gegangen war, entdeckte den schwimmenden Wolfsspitz im Brunnen. Die Geburtstagsgäste stürzten auf den Hof. Die Männer ließen eine Leiter in den Brunnen, ein Onkel stieg hinab und brachte den triefenden Hund am Halsband herauf.

In der Stube saß Großmutter und schluchzte: »Habe ich's nicht gesagt?«

Von diesem Geburtstag an war die Vatermutter nie mehr zum Singen zu bewegen. Der Aberglaube hatte ihr das letzte Lied geraubt.

Als ich noch ein Pferderäuber war

Ich will erzählen, wie man ein Pferderäuber wird, aber sollten auch andere Tatsachen die Gelegenheit nutzen und mich zu ihrem Maul machen, so werde ich sie nicht daran hindern.

Ich war zehn Jahre alt, als ich das erste Pferd für die väterliche Kleinlandwirtschaft erhandelte. Das war mein Gesellenstück als Pferdehändler, und die Tatsache ging in die mündliche Familienchronik ein.

Das erhandelte Pferd war ein weitgereistes Tier, eine »importierte« Trakehnerstute, ein Roß aus dem damaligen Lande Ostpreußen also, ein Rassepferd, und auf den Schenkel der Stute war die Stilisierung einer Elchschaufel gebrannt, und die Stute war eine Einmaligkeit unter den Pferden, die bis dahin über unseren Hof gezogen waren.

Ich hatte das hirschrote Tier bei einem Kleinbauern im Nachbardorf entdeckt, und der Kleinbauer hatte die Trakehnerin von einem verkrachten Gutsbesitzer erworben.

Die Stute gehörte dort zur »Konkursmasse«, und sie war billig gewesen, aber der Kleinbauer konnte sie nicht behalten, denn sie war ihm als Einzelpferd zu schwach, deshalb wollte er sie verkaufen, und er wollte sie nicht ohne Gewinst verkaufen. Sie sollte fünfhundert Mark kosten.

Der Preis überstieg unsere Verhältnisse, doch ich beschwor den Vater, die Gelegenheit nicht zu versäumen, ein gutes Pferd zu kaufen, und der Vater gab nach, aber er machte zur Bedingung, das Pferd dürfe nicht mehr als dreihundert Mark kosten.

Ich weiß nicht, ob der hagere Stutenverkäufer sich über mich lustig machte oder ob er meine eingelernte pferdehändlerische Geschicklichkeit bewunderte, jedenfalls handelte er mit mir, doch beim Preis von dreihundertundfünfundsiebzig Mark stockte der Handel.

Ich rannte nach Hause, und ich verständigte den Großvater, und ich tat damit, glaub ich, nichts anderes, als es Botschafter in der großen Politik tun, wenn sie mitten in Verhandlungen in ihre Heimatländer zurückfliegen, um sich Direktiven für eventuelle Kompromisse zu holen.

Großvater erklärte sich bereit, fünfundsiebzig Mark auf den vom Vater bewilligten Betrag draufzulegen, und er ging mit ins Nachbardorf, aber der krummhagere Bauer sagte, er hätte nur spaßhalber mit mir gehandelt, er könne das Pferd nicht für einen Schinderpreis hergeben. Ich sah den Bauern aus dem Keller meiner kindlichen Enttäuschung an, und der Bauer schien zu spüren, daß er dem Weltgewissen gegenüberstand.

Die Trakehnerstute zog bei uns ein, und sie war fromm. Das Adjektiv »fromm« benutzt der Mensch nur für sich und für Pferde, aber damit die Unterschiede zwischen Mensch und Pferd nicht ganz verwischt werden, bringt es ein Pferd nur zur *Frommheit* und nie zur *Frömmigkeit.* Jawohl, das O mit den zwei Strichelchen am Kopfe behielt sich der Mensch sicherheitshalber vor, aber man kann trotz dieses mückigen Unterschiedes ermessen, wie nahe ihm das Pferd einst gestanden haben muß, als es ihm noch Rakete und Ernährer zugleich war.

Die Stute war also fromm, und das war wichtig für meine Mutter. Sie streichelte das Tier mit ausgerecktem Arm. Die Stute zog den Mistwagen und den Pflug, und das war wichtig für meinen Großvater; er bearbeitete unsere kleinen Äcker mit ihr.

Die Stute ließ sich reiten, ging in der Kutsche und war schön. Das war wichtig für mich. Es lag ein goldener Schimmer über dem hirschroten Fell der Stute. Ihr Haar glänzte, und es ging eine große Schönheit von der Stute aus. Wenn die Stute auch Fohlen bekommen hätte, wäre mein Ruhm als Pferdehändler in der Familie und im Dorfe noch größer gewesen, aber die Stute bekam keine Fohlen mehr, denn man hatte sie zu lange nicht als Zuchtstute benutzt, und sie fohlte nicht mehr.

Mein Vater fuhr mit dem Brotwagen in die Nachbardörfer, und er ließ sich gern mit der Stute und ihren raumgreifenden Gängen und ihrem unermüdlichen Trab sehen, und alles ging gut, und alle waren mit der Stute zufrieden.

Der Sommer kam. Der Sommer ging. Graue Pferdebremsen wurden geboren. Sie nährten sich von Pferdeblut, sie waren ein ganzes Geschlecht, das sich vom Blute der Pferde nährte. Sie zeugten Junge und verschwanden. Die Bäume und die Sträucher zeugten Blätter und verloren sie im Herbst, und wir nannten die Blätter Fallaub. Im Frühjahr erschienen neue Blätter, und auch die alterten im Laufe eines Sommerhalbjahres, und sie erstarrten zu Fallaub und fielen, und alles schien sich zu wiederholen, die Bremsen und die Blätter, doch es waren in jedem Sommer andere Pferdebremsen und andere Baumblätter, denn wir sind grobsinnig und täuschbar.

Auch unsere Stute alterte unter ihrem Goldglanz. Sie wurde anfällig, und eines Tages steckte das Stutenschicksal in der Gestalt eines Immersäufers den Kopf aus dem Fenster des Wirtshauses und rief: »Nicht so stolz, Bäcker, vorm Durst sind wir alle gleich, Bäcker!«, und der Vater konnte diesen Zuruf aus Rücksicht auf seine Kundschaft nicht unbeachtet lassen.

Es war ein eisklarer Märzentag, und es graupelte. Es war ein Tag, an dem es angenehmer war, Grog als Bier zu trinken, und die vom Brotausfahren erhitzte Trakehnerstute stand uneingedeckt im eisverbrämten Ostwind vor der Wirtshaustür.

Die Stute wurde krank. Sie bekam Verschlag, und sie konnte die Hinterbeine nur noch schleppend bewegen. Obwohl ich weiß, daß ein Pferd keine Hinterbeine hat, schreibe ich nicht *Hinterhand.* Ich bitte alle Pferdemänner und alle Mitglieder der Reit- und Pferdezuchtverbände, mir zu verzeihen, denn es sollen mich viele Leser verstehen, aber sie werden mich nicht verstehen, wenn ich im Berufsgruppen-*Latein* schreibe, in der Kastensprache der Jäger zum Beispiel mit ihren *Lauschern, Löffeln* und *Geäsen.*

Ich nehme es den *Grünröcken* nicht übel, wenn sie über mich, den gemeinen Mann, die *Riecher* rümpfen, und ich bitte auch prophylaktisch die Sportler um Entschuldigung, wenn ich ihren Berufsjargon ignoriere, denn es bleibt dabei: ich halte den *Dadaismus* für dekadent.

Der Großvater behauptete, mein Vater wäre schuld an der Krankheit der Stute, er hätte sie zu lange uneingedeckt vor dem Gasthaus stehenlassen. Aber Schuld her, Schuld hin: der Tod sucht Ursache, und Großvater hätte nicht so ausfällig werden sollen, denn »alle sieben Jahre paßt ein Schuh«, heißt es bei uns in der Heide, und darin steckt eine Erfahrung: Nachlässigkeiten und Versehen, für die du deinen Nachbarn tadelst, als ob du sein Oberrichter wärest, sind schon unterwegs zu dir, und es kann sieben Jahre währen, bis sie dich erreichen, aber sie treffen auch dich, und auch du wirst was vernachlässigen, und auch du wirst etwas versehen.

Großvater rieb die Stute mit Kampferspiritus ein, legte ihr Lehmkompressen auf, und er probierte all seine

Pferdeheilkünste durch, doch sie schlugen nicht an. Die Augen unserer Trakehnerstute trübten sich, und der Goldglanz ihres Haares flog mit der Gesundheit davon. Der Tod begann in der Stute einen geheimnisvollen Beschluß des Lebens zu verwirklichen, und er saß bereits im Blute und in den Muskeln der Stute, und er löste die Stute von dorther auf.

Unsere Trakehnerin sollte zum Roßschlächter im Glasmacherort in der Heide gebracht werden, aber wer sollte sie hinführen, wer?

Der Großvater wollte den Galgengang nicht übernehmen. Der Vater hatte keine Zeit. Die Großmutter sollte die Stute nicht wegbringen, denn ein *Schindergang* war keine Weibersache. Es blieb nur einer übrig, und das war ich, und ich war stolz, daß mir Großvater die Mannshärte für den Schindergang zutraute.

Ich schob mir zwei Butterbrote in die Jackentaschen, setzte die Schirmmütze auf und ging zum Stall. Ich nahm dem Großvater den Strick aus der Hand, aber ich vermied es, die Stute anzusehen, und ich sah starr zum geöffneten Hoftor hinaus. Ich verhielt mich, wie sich der Mensch im allgemeinen dem Unglück gegenüber verhält: er sieht ab von ihm, obwohl was zu lernen wäre, wenn er hin- und draufsähe, aber der Mensch schaut lieber in die Zukunft, und er träumt, daß die Zukunft makellos und ohne Unglück sein wird, und dabei leuchtet aus einem Loch am Wege schon die rote Mütze seines nächsten Unglücks, und er hätte dieses Unglück vielleicht umgehen können, wenn er sein letztes Unglück genauer betrachtet hätte.

Auf dem Mühlberg hinter der hölzernen Windmühle straffte sich der Stutenstrick. Ich mußte mich doch umschauen. Die Stute blickte nach dem hellgelben Bäckereigehöft zurück. Es war, als ob sie ahnte, was ihr bevorstand. Wenn ich meinen Großvater gefragt hätte, ob die Stute es ahnte, so hätte er mir geantwortet: »Sie ahnt es!« Aber der Großvater war ein einfältiger Kossät, und seine Antwort wäre anzweifelbar gewesen, doch war auch ein gewisser Thomas Mann einfältig, wenn er behauptete, Transzendenz sei vor allem im Tierischen? Er wird es wohl erfahren haben. Ich stehe nicht an, Dichtern genauso zu traun wie Wissenschaftlern, weil ich erfuhr, daß in jedem echten Wissenschaftler ein Poet und in jedem echten Poeten ein Wissenschaftler steckt, und die echten Wissenschaftler wissen, daß ihre Hypothesen dichterische Ahnungen sind, und die echten Dichter wissen, daß ihre Ahnungen unbewiesene Hypothesen sind, und weder die einen noch die anderen lassen sich von der Mannigfaltigkeit der Erscheinungen verwirren oder halten einander für Kontrahenten.

Als die Stute sich mir zuwandte, war's mir, als rännen Tränen aus ihren getrübten Augen, und da tropfte auch mir das entsprechende Wasser aus den Augen, und der Wind, der die Mühle trieb, wehte meine Männlichkeit davon. Ich verfütterte meinen Reiseproviant an das Tier, denn ich erhoffte mit dieser Gift Verzeihung für meine beabsichtigte Roheit von der Stute zu erlangen, und ich wendete, und ich trieb heimzu, und der Stutenstrick hing durch, und er spannte sich nicht mehr.

Der Großvater trat aus seiner Baukammer. Er sah, was mit mir war, und er atmete tief. Alle Luft über dem Hofe schien in seiner Lunge zu verschwinden, und dann brüllte er: »Der Deibel soll dir holen!« Niemals vorher und nachher hat mich mein Großvater so zornig beschimpft wie dennmals, als ich die Todesstute zurückbrachte. Er explodierte, und seine Worte sprangen wie giftige Splitter umher, und wer mich je in gleicher Weise »explodieren« sah, der halte mir zugute, daß da das Erbteil von meinem sorbischen Muttervater durchbrach. Ich mühe mich, dieses Erbteil zuunterst in der

Truhe meiner Charaktererbteile zu halten, aber es gibt immer wieder Anlässe, die es telekinetisch nach oben fahren lassen.

Brecht versuchte mich zu lehren, wie man seinen brausenden Zorn, wie man seine rappeligen Zörner bezwingt und wie man sie in *Theaterkräche* ummünzt, aber je länger ich Brecht kannte und beobachtete, desto gewisser wurde mir, daß auch *ihm* nicht immer gelang, was er mich lehren wollte. Wenn nach einem seiner *Theaterkräche* seine Halsmuskeln zuckten, so hatte sich das Leben nicht von ihm belehren lassen.

Großvater packte den baumelnden Pferdestrick. Er machte sich barhaupt auf den Weg in den Glasmacherort. Er fluchte, und er spie nach allen Seiten aus, und seine Tränen tropften auf den blauen Kutscherschurz.

Wenn man sich eine Stärken- und Längenordnung für Gewissensbisse vorstellt, dann steht auf der obersten Zeile die Qualenmenge, die sich der Umbringer eines Menschen zu machen hat, sofern er diesen Menschen nicht für sein Volk oder Vaterland oder aus politisch unumgänglichen Gründen, wie es des öfteren heißt, umbrachte, denn in diesem Falle verteilen sich die Gewissensbisse auf alle Mitglieder der Gemeinschaft, für die er mordete, und er darf sich fast so fühlen, als wäre er kein Mörder. Auf den unteren Zeilen dieser Liste würden dann die Zeitlängen von Gewissensbissen stehen, die den Vernichtern von Blattläusen und Wasserflöhen abverlangt werden, und die Zeiträume dieser *Bisse* wären kurz, fast nicht mehr registrierbar, und die Gewissensbisse für die Vernichtung von Mikroben würden überhaupt nicht aufgeführt sein, denn an der unteren Grenze seiner Sehkraft scheint die Verantwortung des Menschen für das Leben zu enden, obwohl wir seit langem wissen, daß das ein Irrtum ist, denn der Mensch bekommt es zu spüren, wenn er zum Beispiel gegen Bodenbakterien frevelt und die Erde, aus der er selber herauswuchs, verwüstet, aber wir fahren trotzdem fort, in diesen Dimensionen zu sündigen.

Es wurde nötig, ein neues Pferd anzuschaffen: In den Nachbardörfern wartete die Brotkundschaft, und die Äcker mußten bestellt werden. Wir mußten uns ein Pferd zum Brotausfahren leihen, und wir liehen uns eines in der Nachbarschaft. Die Großmutter mußte als Bittstellerin und ich mußte als Kutscher in die Nachbarschaft gehen. »Pferd und Frau verborgt man nicht, lieber die Frau«, sagten die Heidbauern, aber die Großmutter konnte so herzheiß bitten, daß sie ihren Lebensunterhalt auch hätte als Bettlerin bestreiten können. Wenn wir unser Leihpferd erhalten hatten, faltete Großmutter ihre Hände unter der Schürze, und sie betete zu Gott, er möge dafür einstehen, daß das geliehene Pferd nicht allzuviel Mucken habe und daß es nicht losprechen möge, bevor man auf dem Brotwagen saß. »Liebes Jechen, sei uns gnädig!«

Es mußte ein neues Pferd heran, und der Vater fuhr mit dem Fahrrad zum Pferdemarkt. Er kam zu spät dort an, denn alle Pferde, die paßrecht für uns gewesen wären, waren schon verhandelt, aber der liebe, liebe Zufall trieb meinem Vater in einer Marktschenke den Gelegenheitsviehhändler Karle Sudler aus dem Nachbarort entgegen: Wenn der Vater und Karle Sudler auch Nachbarn waren, zwischen deren Gehöften nur zwei Quadratkilometer mit Pflaumenbäumen umsäumte Felder lagen, so begrüßten sie sich doch wie Mitglieder einer Expedition, die von verschiedenen Punkten zum Pol aufbrachen, denn der kleine Bauernmensch erzittert in der Fremde, und die beginnt hinter seinem Dorfe, und er ist in der Fremde bereit, sich mit seinem ärgsten Feind zu versöhnen, weil das, was sie im Heimatdorf verfeindete, draußen im Weltenraum gegenstandslos wird.

Karle Sudler war schwarzhaarig, und er hatte glutvolle Dunkelaugen. Man munkelte, seine unbemannte Mutter, eine Hebamme, die straßauf, straßab unterwegs war, um den Bauernkindern ins Leben hinein zu helfen, hätte eines Tages mit einem Zigeuner zusammen im Straßengraben abgerastet.

Karle Sudler war ein *Denksportler*, obwohl diese Sportart damals noch nicht bekannt war, denn die Kreuzworträtsel waren noch nicht erfunden, und wenn sie erfunden gewesen wären, so hätte das dem Sudler-Karle nichts genutzt, denn er las keine Zeitung. Sudler fertigte sich die Denksportaufgaben selber an, doch sie waren nicht so harmlos wie die heutigen, und die meisten ließen sich in der Frage zusammenfassen: Wie verwende ich meine Skrupellosigkeit, um mich an weniger skrupellosen Mitmenschen zu bereichern?

Karle Sudler begrüßte meinen Vater ausgiebig und groß, und er unterbreitete meinem Vater seine Biedermannssorgen. Er verriet meinem Vater unter Brüdern, daß er seit dem Frühmorgen auf ein paar dunkelbraune Kutschpferde aus wäre, daß es sich um eine Stute und einen Wallach im Brandenburger Modell handele und daß ein Tuchfabrikant das Gespann »abstoßen« wolle, um sich jüngere *Prescher* zu kaufen. Karle Sudler hatte den Klepper, der seinen Kutschwagen zu Markte getreckt hatte, bereits verkauft, und er hatte die Fabrikantenpferde schon »mächtig« heruntergehandelt, aber das Geld, das er bei sich führte, reichte nicht, um das Passergespann zu kaufen.

Karle Sudler machte den Vater auf das Kutschgespann lüstern. Er schlug vor, der Vater sollte eines und er würde das andere der Passerpferde kaufen, und an Sonntagen würden sie die Pferde zusammenspannen, und sie würden Hochzeits- und Kutschfahrten unternehmen. »Wir werden fahren, fahren werden wir, daß alles rumpelt«, sagte der Sudler, »und die Pferde werden sich verzinsen, daß unseren Neidern die Augen übergehn!«

Das Pferdegespann war bis auf sechshundert Mark heruntergehandelt, und das war billig für zwei brauchbare Pferde, aber der Sudler-Karle hatte nur zweihundertundfünfzig Mark in der Tasche, jedenfalls in der Tasche, in die er griff, als es ans Bezahlen ging, und mein Vater, dem der Geldmangel seines »Kompagnons« peinlich war, legte wortlos und vornehm dreihundertundfünfzig Mark dazu, und Karle Sudler nickte zustimmend, weil der Vater genau das tat, was Sudler von ihm erhoffte, und weil der Vater es so vornehm und schweigend tat.

Vater und Karle Sudler fuhren im Kutschwagen heim. Das alte Fahrrad des Vaters klapperte hinten im Herrschaftssitz vor sich hin. Sie kehrten unterwegs in den Gasthäusern ein, und sie ließen ihre künftigen Hochzeitsfuhrenpferde bewundern, und der Vater bezahlte die Zechen, weil die Brieftasche vom Karle Sudler – wir wissen...

Und endlich kamen sie in unserem Dorfwirtshaus an, und dort teilte der Sudler-Karle in der Gegenwart der männlichen Dorfbevölkerung die Pferde auf, und er sagte zum Vater: »Für deinen Brotwagen brauchst du etwas Spritziges«, und er teilte dem Vater die etwas leichtere Stute zu, und die anderen Männer nickten, weil neue Pferde künftige Dorfbewohner waren, die das ganze Dorf in den Nachbardörfern oder in der Stadt repräsentierten.

Nun war die Stute da, und der Wallach war dort. Die Stute war ein gängiges Pferd für unsere Zwecke. Großvater war dem Vater noch immer gram wegen der verlorenen Trakehnerin, aber jetzt konnte er nicht mehr widerstehen, und er sah sich die neue Stute an, und er fand sie fast untadelig, denn »wer da fürchtet Spat und Galle, hat nie ein gutes Pferd im Stalle«.

Es gelüstete Großvater, das ehemalige Kutschpferd bei der Feldarbeit auszuprobieren. Er probierte es aus, und der Stute schienen Ackerwagen, Pflug und Egge nicht unbekannt zu sein, und sie fügte sich schnell in alle Einspännerarbeiten.

Wir teilten einen Laib Ewigkeit in Stunden-, Tages- und Wochenschnitten. Wir verkrümelten viele Minuten und vergeudeten manche Zeit, und wir wähnten für ein Weilchen, unser Leben an allen vier Zipfeln zu halten, aber eines Tages erschien Karle Sudler mit dem Wallach auf unserem Hofe, und das, was mein Vater glaubte profitiert zu haben, als er in den von Sudler vorgefertigten Pferdehandel stieg, mußte nach- und überbezahlt werden.

Karle Sudlers schwarze Blicke fluckten wie Schüsse aus einer Maschinenpistole umher. Er barmte, sein Wallach ginge schlecht als Einspänner, und er wolle zum Beispiel beim Pflügen nicht in der Furche gehen. Der Sudler-Karle könne seine Äcker nicht ordentlich bestellen, und er bat, und er bettelte: »Gebt mir ein Weilchen die Stute und fahrt mir um Jesu willen den Wallach ein!«

Nun nahm Großvater den Wallach in die Lehre. Das war überdrauf. Der Wallach war als Einspänner so anstellig wie die Stute, doch er war fauler, und man mußte ihn ohne Unterlaß treiben, und man mußte die Peitsche unausgesetzt wie zum Schlag erhoben halten, und das war ermüdend für den Kutscher.

Nach drei Wochen trabte ich sonntags mit einer Nachricht über die Felder zum Ausbauernhof der Sudlers: »Onkel Sudler, eire Wallach is jetzt im Pfluge eingefahren, ihr könnt eich ihn wiederholen!« Sudlers Schwarzaugen wichen meinem Blick aus: »Noch bißchen brauch ich die Stute, noch bißchen!«

Wir warteten eine Woche, und der Vater schickte mich wieder zum Sudler. »Noch bißchen, Jungchen, noch bißchen!«

Und wieder einen Sonntag später ging der Vater übers Feld zu den Sudlers, und ich ging mit.

Der Vater hatte auf dem Pferdemarkt fünfzig Mark für den Sudler verauslagt. Er verlangte die fünfzig Mark zurück. Der Sudler-Karle gab die fünfzig Mark nicht zurück, denn er behauptete, er hätte die Pferde auf dem Markte ausgehandelt, und mein Vater hätte keine Arbeit damit gehabt, die fünfzig Mark wären sein Händlerlohn. Er wollte auch die Stute nicht herausgeben, weil die Pferde als Gespann gekauft worden wären, und jetzt stünde eben die Stute beim Sudler und der Wallach bei uns, und vorher hätte die Stute bei uns und der Wallach beim Sudler gestanden, alles wäre in der Ordnung.

Der Vater war in der Stadt Hamburg am Atlantischen Ozean geboren, und er hatte in seiner frühesten Kindheit das Land Amerika gesehen. Er war eine Gentlemannatur, und er war nicht der Mann, der da sagte: Die Stute heraus, oder die Bude wackelt! Das zu sagen wäre auch ungeschickt gewesen, denn wir waren auf dem Sudler-Hofe in der Mindermacht, weil dem Sudler-Karle ein Knecht zur Verfügung stand, und dieser Knecht wurde *Politiker* genannt, und es stand ihm die Sudler-Frau zur Seite, und die hatte ein Mundwerk so grob wie ein Kiessieb, und es stand dem Sudler-Karle die Sudler-Mutter zur Seite, und die war Hebamme für sieben Dörfer. Die Sudler-Mutter hatte zwar kein grobes Maulwerk, aber es stand ihr allzeit ein wissendes Lächeln um den Mund, und ewig dieses wissende Lächeln, und das mußte einer Frau, die an der Pforte des Lebens hantierte, wohl zustehen, und es wollte sich's niemand so recht mit der Sudler-Mutter verderben.

Der Knecht, den man den *Politiker* nannte, wählte bei jeder Reichstagswahl eine andere Partei. Er wählte die gegensätzlichsten Parteien hintereinander; nach den Deutschnationalen die Kommunisten und nach den Sozialdemokraten die Partei eines gewissen Herrn Winter, der sich für die Aufwertung von verfallenen Geldscheinen einsetzte; es kam ganz darauf an, von welcher Partei der war, der dem Politomanen, bevor der »wählte«, eine Flasche Schnaps zuschob.

Man munkelte, der *Politiker* wäre früher Besitzer eines Zeitungsstandes in der Stadt Königsberg gewesen. Er hätte täglich die Zeitungen aller Parteien um und um gelesen, und er hätte sich dabei die gegensätzlichsten politischen Impulsströme einverleibt, und dann hätte es plötzlich in seinem Hirn aufgezischt, und es wären einige seiner Hirnzellen verkohlt.

Mein Großvater hatte nicht den Ehrgeiz, für einen Gentleman gehalten zu werden. Er war der Meinung, die Stute müßte wieder zu uns, und vom Sudler-Karle sagte er: »Wenn wir den haben, dann werden wir den schon kriegen!«

Ein paar Wochen lang herrschte süßeste Eintracht zwischen meinem Vater und dem Großvater, und wir waren die Nutznießer. Wir lebten unser Leben für kurze Zeit, ohne unsere Familiendiplomatie spielen lassen zu müssen, denn wir brauchten beim Erzählen nicht zu beachten: das darfst du vorm Großvater und jenes vorm Vater nicht sagen!

Es war ein seliger Zustand, wie wir ihn aus den Klassenkampfpausen in der Weihnachtszeit und während der Sommerurlaubswochen in unserem Lande kennen.

Es war ein Mittelherbstabend, und die Sonne war vor dem Untergehen, und Großvater säte den Roggen fürs künftige Jahr. Der Vater säuberte mit einer Kartoffelhacke die Furchen des Pachtackers von Queckenwurzeln, und ich wartete auf das Eineggen der Saat. Ich saß pfeifend auf dem Kornsack, und ich ließ den Wallach am Rain ein wenig Queckengras rupfen.

An unserer Feldgrenze lag eine dichte Kiefernschonung. Sie lag da mitten in den Feldern, und sie war ein Unterschlupf für die Fasanen des Gutsherrn. Als mir die Zeit lang wurde, stöberte ich in der Schonung umher. Hinter der Schonung gab es auch Felder, und auf diesen Feldern wurde auch Roggen gesät. Auf der ganzen Felderweite sah man Männer mit Säetüchern und Säemulden, und die warfen taktmäßig die Arme seitlich aus, und sie beschrieben mit den Armen einen Halbkreis.

Wir lebten in einem Roggenland, und wir säten unsern Roggen vor der Schonung aus, und andere Leute, die ihren Roggen hinter der Schonung säten, waren Karle Sudler, sein *Politiker* und der Sudler-Sohn, der Willi. Der Willi war etwas älter als ich, und er war fast konfirmationsfähig. Der Willi saß auch bei den Kornsäcken am Wagen, langweilte sich und schnitzte an einer Gerte. Ich sah das alles, und ich sah die Stute vor dem Sudler-Wagen, und ich sah, wie sie die Ohren spitzte, als sie mich wahrnahm, denn eigentlich war sie ja unsere Stute. Der Willi aber schälte die Rinde von seiner Gerte, und er nahm mich nicht wahr.

Ich ging zu unserer Säegruppe zurück und erzählte dem Großvater, was ich auf der anderen Seite der Schonung gesehen hatte. Später in schlimmen Zeiten erfuhr ich, daß man einen solchen Beobachtungsgang Spähtruppunternehmen heißt, aber damals wußte ich's nicht. Der Großvater aber sagte: »Heute kriegen wir die!«, und er gab mir Instruktionen. Seine Worte waren für mich so heilig, wie die Worte des Moses den Kindern des Alten Bundes heilig waren. Ich sagte bereits, es war Herbst, die Vögel lebten schon geräuschlos, es war Stille in der Luft, und die Erde war saatbereit und harmlos. Damalen wußte ich noch nicht, daß es ebenso still ist, bevor ein Krieg beginnt, und daß die Krieger jenes Volkes, das ein anderes zu überfallen gedenkt, sich so harmlos verhalten wie Mitglieder einer Sekte von Friedenspredigern.

Ich hatte mich in der Schonung versteckt, und ich hielt den gezäumten Wallach am kurzen Zügel, sonst aber war der Wallach nackt; Großvater hatte ihm das Geschirr abgenommen. Ich spähte zu den Sudler-Säern hinüber, und ich sah, daß der Willi immer noch auf dem Wagen saß. Er kamuschkeite jetzt mit fünf runden Quarzsteinen. Ich kann nicht aufschreiben, wie dieses Spiel auf deutsch heißt, weil ich deutsche Kinder nie kamuschkeien sah. Das Spiel läßt sich allein, zu zweit, auch zu viert oder zu fünft machen. Man sitzt dabei nieder, und man hat fünf Steine vor sich liegen. Man wirft einen Stein in die Luft, und man rafft, solange sich der Stein in der Luft befindet, die übrigen vier Steine von der Erde, um den niederfallenden Stein mit der gleichen Hand aufzufangen. Oder man wirft vier Steine in die Luft und rafft inzwischen einen Stein vom Grasboden – ein Geschicklichkeitsspiel, bei dem es viele Erschwernisse gibt: Man formt zum Beispiel die Hand zur Faust und läßt nur ein kleines Loch in der Faust, und durch dieses Loch muß der fliegende Stein zu den anderen vier aufgerafften Steinen in die Faust schlüpfen, und diese »Figur« heißt *Taubenloch.*

Sicher haben dieses Spiel sorbische Kinder beim Kuhhüten auf der Lausitzer Steinheide erfunden, denn sie verbrachten dort einen Teil ihres Kinderlebens als Brüder und Schwestern der Kühe auf den Triften.

Manchmal meine ich, man sollte dieses Spiel in den Wartezimmern einiger Polikliniken und in den Wartezimmern mancher Ämter einführen, ja, man sollte dort fünf glatte Quarzsteine auf die Tische legen. Das Spiel würde sich von selber entwickeln, und es würde uns die Geduld nicht mehr von gefüllten Kaffeekannen zerstört werden, wenn sie an uns vorbeigetragen werden, und wir würden durch dieses Spiel unsere Geschicklichkeit verbessern.

Und nun muß ich erwähnen, daß ich mit dem Wallach linker Hand in der Schonung stand, weil sonst nicht zu verstehen ist, wieso glücken konnte, was jetzt geschah: Auf der rechten Seite der Schonung wurde mit eins ein Fasanenhahn laut, und ich wußte, daß dieser Fasanenhahn mein Großvater war, aber der Sudler-Willi kannte die tausend Künste meines Großvaters nicht, und er glaubte an den Fasanenhahn. Er machte sich auf, um eine Fasanenschwanzfeder zu haschen, und er drang rechts in die Schonung ein, und es war niemand mehr am Sudler-Wagen als die Stute. Ich gesellte mich mit dem Wallach zu der Stute, und ich band den Wallach an der hinteren Wagenrunge fest, die Stute aber band ich von der vorderen Wagenrunge los, doch als ich mich zur Schonung aufmachte, gewahrte mich der *Politiker*, und er schlug Alarm. Da kam der Sudler-Karle mit einem eisernen Rechen über das Feld und auf mich zugelaufen, und er hätte wahrscheinlich nicht angestanden, mir die Rechenzinken irgendwo hineinzupassen, wenn mein Großvater nicht aus der Schonung gekommen wäre und die Wut und den Rechen vom Karle auf sich gelenkt hätte. Als Karle Sudler ausholte, um den Großvater zu treffen, schrie der Großvater, daß es weithin und bei den anderen Säern auf den Feldern ringsum zu hören war: »Ich handle in Notwehr! Ich handle in Notwehr!« Er entriß dem stutzenden Sudler den Rechen, und er brach den holzenen Stiel herunter. Er warf den eisernen Zinkenkamm in die Schonung, und er zog dem Sudler mit dem Rechenstiel eins über. Nun aber schrie der Sudler-Karle, und er schrie auch so, daß es die Säer seitab hören konnten, aber er schrie um Hilfe. Die Nachbarn hoben die Köpfe, und da sie zwei sich beschimpfende Kossäten, aber niemand gewahrten, der Hilfe nötig gehabt hätte, senkten sie die Köpfe wieder, um nicht zeugen zu müssen, falls aus der Sache etwas Gerichtliches werden sollte, und sie säten weiter und sorgten sich um das Brot für zu Jahre.

Der Sudler-Karle rief den *Politiker* zu Hilfe, und der *Politiker* wollte erst wissen, ob er für die Hilfeleistung eine Flasche Schnaps bekommen würde. Der Sudler-Karle versprach ihm die Flasche, und der *Politiker* fragte: »Kleine oder große Flasche?« Der Sudler-Karle schrie: »Eine große Flasche!«

Jetzt trat erst einmal mein Vater aus der Schonung, und der *Politiker* bat meinen Vater, später zu bezeugen, daß ihm sein Bauer eine große Flasche Schnaps versprochen hätte. Mein Vater versprach dem *Politiker* die Zeugenschaft, doch er verhinderte gleichzeitig, daß der *Politiker* dem Sudler gegen den Großvater beistand.

Auf dem Saatfelde entwickelte sich eine Prügelei, aber ich kann nichts über sie vermerken, weil ich verhindert war, dran teilzunehmen. Aus dem Saatfeld wurde ein Schlachtfeld – auch das war so wie bei Kriegen zwischen zwei Völkern.

Ich nahm der Stute das Sudler-Geschirr ab, legte es an den Rand der Schonung, legte der Stute unser Geschirr auf, und ich spannte sie ein. Ich fuhr im Galopp nach Hause, und das hatte der Großvater mich nicht geheißen; der Sudler-Willi aber stöberte die ganze Zeit in der Schonung nach dem Fasanenhahn.

Die Sache wurde gerichtlich. Der Sudler strengte einen Prozeß gegen meinen Vater und meinen Großvater an, sie hätten ihm sein gutes Pferd mit Gewalt gegen ein schlechtes vertauscht.

Nun gehört hier etwas her, was ich vielleicht hätte früher erwähnen müssen, nämlich eine Charaktereigenschaft meines Großvaters, doch ich meinte, man soll literarische Figuren nicht schon zu Beginn einer Erzählung mit Fudern von Charaktermerkmalen zudekken, und man soll den Leser nicht langweilen. Man möge mir jedenfalls glauben, daß ich die nachzutragende Charaktereigenschaft meinem Großvater nicht andichte, weil es der Gang der Erzählung erheischt, denn es wäre künstlerisch unfair, wollte ich mich jener Erzähltechnik bedienen, die zur Goethezeit im Schwange war und im *Wilhelm Meister* Höhepunkte erreichte.

Mein Großvater war ein berüchtigter Prozessierer, ein Anstrenger und Bestreiter von Bagatellprozessen, als da waren: Beleidigungs- und Erbschaftsklagen, Grenzstreitigkeiten und Zinseintreibungen.

Mein Vater, dem der Großvater einige Prozesse aufgehalst hatte, behauptete, der Lebensweg des Großvaters wäre mit Prozessen gepflastert gewesen, und das stimmte leider, denn der Großvater hatte als junger Mensch sogar seinem Vater einen Prozeß geliefert. Wirklich, der Großvater prozessierte mit der gleichen Leidenschaft, mit der er Pferde handelte, und es muß ihm einen intellektuellen Genuß verschafft haben, Recht zu erhalten, aber vergeßt nicht, daß er ein Sorbe war und daß er einem Volke angehörte, dem von seinem Gastgebervolke, den Preußen, freiwillig nicht allzu viele Rechte eingeräumt wurden.

Großvater leitete seine Prozeßabsichten in der Regel mit dem Satze ein: »Wenn ich in die Stadt kumm, muß ich mal bei Magern gehn!«

Mager war ein Rechtsbeistand in der Kreisstadt, ein sogenannter Winkeladvokat. Er war klein, verwelkt und weißhaarig, glich einem frostigen Kiefernzapfen, und man konnte ihm nicht in die Augen sehen, weil sie von dicken Oberlidern verdeckt waren. Für den Großvater war Mager die Inkarnation der Gesetzbuchkenntnis und der Beherrscher aller Haupt- und Winkelzugsparagraphen, denn er hatte ihm schon beim Prozeß gegen den Urgroßvater »beigestanden«.

Und wie Mager noch war, erkläre ich am besten am Verhalten eines Freundes, mit dem ich in der Jugend manche Landschaft durchwanderte. Er wurde Berufssoldat, er wurde Leutnant, und er wollte mir beweisen, daß er keinen Dünkel bekommen hätte. Wir versuchten es noch einmal mit einer gemeinsamen Wanderung, aber die Landschaft war für diesen Leutnant nur noch ein strategisches Gelände, und sobald wir uns einem Hügel näherten, erwog er, wieviel Maschinengewehre und Granatwerfer er hinter ihm in Stellung bringen würde, und Bäume und Bodenwellen waren nichts als Deckungen, und er probierte sie aus und versah sie mit Zensuren: »Sehr gut, sehr gut.«

Der Luftraum über der Erde war für diesen Leutnant ein Raum für Schußbahnen von Gewehrkugeln und Granaten geworden, und es wucherte das Myzel für den *Heldentod* in jenem ehemaligen Freunde, und er starb diesen Tod später am Ilmensee; unter uns gesagt: diesen ganz und gar durchschnittlichen Landsknechtstod.

Und ähnlich wars mit jenem Winkeladvokaten Mager, denn alles, was er ansah, verwandelte sich in Gerichtsprozesse. Seine Mitmenschen existierten nur, damit sie Recht begehrten oder sich gegen das Recht vergingen, und ein Leben ohne Rechtshändel wäre für Mager ein Leben ohne Existenzgrundlage, ein ungerechtes, ein nicht annehmbares Leben gewesen.

Im Vorraum von Magers Büro herrschte eine schweflige Dämmerung, und die wurde von einer gelb verglasten Korridortür produziert, und es hauste dort ein weißer Spitz, und auch der Spitz wirkte gelb in diesem Schwefeldämmer. Er umkreiste Fremde wütend wie eine gereizte Wespe, und manchmal biß er zu, und wenn die Klienten sich beschwerten, redete Mager ihnen ein, das Spitzzwicken wäre eine günstige Vorbedeutung für den Prozeßverlauf.

Abends spazierte Rechtsbeistand Mager mit verkniffenem Munde auf der Dammpromenade am Fluß. Seine welken Wangen waren mit silberhaarigen *Hasenpfoten* bewachsen. Er sah aus wie ein zweihundertmal verkleinerter Schopenhauer. Der Spitz ersparte sich das ewige Anheben eines Hinterbeines, und er trippelte auf drei Beinen von Baum zu Baum. Mager sah die weidenumsäumten Windungen des Flusses nicht, und er hörte weder den Zilpzalp noch das Rotkehlchen singen. Er rief seinen Spitz ab und zu mit knarrender Stimme zur Ordnung, und außer diesem Spitz existierten für Mager weder Menschen noch andere Lebewesen, und über Magers schwarzem Hute tanzten nicht Mücken. sondern ein Schwarm von gekrümmten Paragraphen.

Magers weißer Spitz kannte mich, und er kläffte nicht, wenn ich kam. Unter dem Spiegel der Flurgarderobe hockte ein ausgestopfter schwarzer Spitz, der mich mit seinen Glasaugen bittend ansah. Das war Magers verstorbener Spitz. Er hockte auf den Hinterpfoten und »machte Männchen«, und er hielt mit den Vorderpfoten einen Spucknapf, und in dem Spucknapf befand sich stets sauberer weißer Sand. Wenn ich mit Großvater zu Mager ging. machte ich Mager eine Freude, und ich spie in den vom ausgestopften Hund bereitgehaltenen Napf, und Mager lachte jedesmal darüber. Es war ein knarrendes Lachen, und es ähnelte dem Gesang des Wachtelkönigs. Mager lachte jedesmal wieder, wenn ich in den Spucknapf spie, und es war nicht zu erkennen, ob Mager aus Senilität oder aus Zuvorkommenheit gegen seine Kundschaft lachte. Aber alle Schrulligkeit hat Gründe, und wenn wir die Gründe in jedem Falle kennten, würden wir eher Mitleid mit Schrullenträgern haben und uns weniger über sie belustigen.

Mager war impotent, und die Frau, die er geliebt hatte, hatte ihn verlassen. Er trauerte lange um sie, aber dann nahm er eine zweite Frau, und auch die verließ ihn. Die zweite Frau war begütert, und Mager stand nicht an, sie mit Gewinn für sich hinwegzuprozessieren. Da man seine Liebe verschmähte, mochte sich aus dem jungen Mager mit dem unsichtbaren Gebrechen jener Hagestolz entwickelt haben, den ich kennenlernte, der, um den Ruf der Impotenz zu entkräften, wöchentlich zweimal das Bordell besuchte, denn das Bordell lag in der Straße, in der er wohnte, in der er seine Paragraphenküche betrieb, in der man ihn beobachtete, in der man alles von ihm wußte.

Ich bemerke, daß ich dem Leben des Rechtsbeistandes Mager mehr Platz in der Erzählung einräumte, als ihm zukommt, und ich ließ zu, daß sich ein Mensch, der im Leben einen Stehplatz auf der Galerie hatte, zur *Bühne* drängte. Ich bitte meine Leser um Verzeihung, und ich bitte sie gleichzeitig, zu bedenken: Vielleicht gibt es einige Beziehungen von Aufschreibern zur Wirklichkeit, die von unseren Literaturwissenschaftlern noch nicht erforscht wurden, und vielleicht bin ich vom Leben beauftragt worden, dem kleinen Mager jenes Quentchen Mitgefühl bei seiner Nachwelt zu verschaffen, das ihm von seiner Mitwelt versagt blieb.

Unser Prozeß mit dem Sudler hätte vielleicht mit einer oder zwei Verhandlungen zu Ende sein können, wenn man nach der Aufnahme des Tatbestandes jene Leute angehört hätte, die bezeugen konnten, daß die Stute uns gehörte, aber das tat man nicht, denn es gab in der Kreisstadt drei oder vier Rechtsberater, und die wollten existieren, und sie machten aus einer Prozeßmücke ein Prozeßschwein, und der Advokat, der einen Prozeß mit wenigen Verhandlungen zu Ende brachte, hatte den wenigsten Zuspruch.

Unser Prozeß verschlang eine Menge Vorschußgelder, und meine Mutter bejammerte diese Tatsache, doch sie wurde vom Großvater zurechtgewiesen: »Bis' stille! Ich weeß, was ich weeß, ich war bei Magern!«

Und in der letzten Phase des Prozesses war auch ich auf dem Gericht, doch ich weiß bis heute nicht, wie es Mager gelang, mich in den Gerichtssaal zu schmuggeln, und wie er es erreichte, daß ich gehört wurde; vielleicht erreichte es Mager durch Bestechungen.

Da war die Tür des Gerichtssaales, durch die jahrsüber viele Prozeßgewinner und viele Prozeßverlierer gingen. An dieser Tür hing ein Zettel, und auf dem Zettel waren die Gerichtsverhandlungen des Tages in ihrer Reihenfolge verzeichnet, und es war dort verzeichnet: *Sache Sudler* gegen *Strittmatter – Pferderaub.*

Ich las es, und ich erschrak: War mein Großvater denn ein Räuber? Gehörten zu einem Räuber nicht Verworfenheit, Kaltblütigkeit, Gewalttätigkeit, Mordlust, ein schwarzer Vollbart, ein scheeles Auge, eine Hinterladerflinte und ein geraubtes Weib? Und mußte ein Räuber nicht mindestens von zwei Gendarmen in die Stadt und vors Gericht gestoßen werden?

Nein, ach nein, Mager bewies, daß Großvater ein rechtschaffener Mann, ein unbescholtener Bewohner unseres Dorfes und kein Pferderäuber wäre, aber dann wies der kleine Mann mit einer großen Geste auf mich und sagte: »Der Pferderäuber? Dort sitzt er! Befragen Sie ihn!«

Ich erbleichte, und ich wartete drauf, festgenommen zu werden, aber der kleine Mager machte eine beruhigende Handbewegung zu mir hin, und der Vorsitzende rief mich, scheinbar widerwillig, nach vorn, und er tat so, als ob er sich damit etwas durch und durch Überflüssiges leistete. Er fragte mich: »Hat dein Großvater dich beauftragt, mit der Stute ins Dorf zu preschen?«

Und ich antwortete: »Man ist alleene Manns genug«, und die Zuhörer belachten meine Antwort, und der Vorsitzende drohte, die Zuhörer aus dem Gerichtssaal entfernen zu lassen. Rechtsbeistand Hundertmark, der Verteidiger des Sudler-Karle, erhob Einspruch gegen die Vernehmung von Unmündigen in einem ordentlichen Gerichtsverfahren, aber irgendwie schien meine Aussage den Ausgang des Verfahrens doch zu beeinflussen, und das hatte Mager zuwege gebracht.

Wir gewannen den Prozeß, und auch ich begann diesen Mager zu schätzen, ja, ich liebte ihn fast, weil er so klug und gesetzeskundig war, aber vor dem ersten Schultag nach den Weihnachtsferien fürchtete ich mich, denn ich erwartete, in der Schule würde man mich nunmehr *Pferderäuber* rufen, aber etwas anderes geschah: Ich wurde für Tage der Held meiner Schulklasse, und alle Schulkameraden wollten mir den Arm um den Nacken legen und mit mir um den Schulhof spazieren. Das war bei uns in der Heideschule ein sichtbarer Ausdruck von Freundschaft, und wenn man dazu den Umstehenden noch versicherte: »Wir sind Freunde! – – – Wir sind Freunde, bääh, bääh, bääh«, so war das der Ausdruck von einer Freundschaft, die heute mit dem Ausdruck »unverbrüchlich« gekennzeichnet wird.

Ich habe nie wieder so viele Freunde gehabt wie dennmals, als meine Mitschüler sich glücklich schätzten, wenn sie mich, den gerichtlich anerkannten Pferderäuber, berühren durften, und damals verwirrte mich das, weil Räuberei uns in der Religionsstunde als ein verwerfliches Tun gekennzeichnet wurde, aber die Gottesstrafe für meine Räuberei war wohl, daß keines der

Mädchen seine Arme um meinen Nacken legte, und auch die eine, auf die ich es abgesehen hatte, tat es nicht, nein, sie tat es nicht.

Nun hatten wir unsere Stute wieder, und wir hätten glücklich sein müssen, denn es durchschwebt den Menschen eine Sehnsucht nach Glück, und er denkt, sobald mir jenes Auto, jenes Häuschen im Grünen, jener Garten am Fluß, jener Anzug oder jene Stiefel gehören werden, sobald ich meinen Nachbarn im Wohlstand überholt haben werde, ohne ihn eingeholt zu haben, werde ich glücklich sein, und es wird mir nichts mehr zu wünschen bleiben, und obwohl es tausend und mehr Arten von Glück zu geben scheint, gibt es für das Wort »Glück« keine Mehrzahl, und auch das Leben kümmert sich nicht um undialektische Vorstellungen des Menschen vom Glück. Und das Leben zieht seine Bahn, und es ist im Recht, und es ist unvergänglich. und wir sind in seinem Flusse, und alle Dinge. an die wir unser Herz hängen, sind flüchtig, und ihr Wert wandelt sich, und was uns heute beglückt, kann uns weinen machen, ehe der Hahn dreimal krähte.

Großvater und Vater hatten den Sudler in einem Gerichtsprozeß besiegt, und das war bis dahin kaum jemand gelungen. Großvater und Vater lebten freundlich und friedlich nebeneinander, und wir glaubten, dieser Zustand wäre von Bestand, denn wir wußten nicht, welche Konstellationen sich an jener Stelle, die der Mensch Zukunft nennt, zusammenschoben, doch sie stiegen wie Nebel aus dem scheinbaren Nichts, und sie verdichteten sich, und sie wurden uns als Gegenüberstellung der gerichtlich zurückerworbenen Stute mit einer Lokomotive der *Deutschen Reichsbahn* sichtbar.

Großvater und mein jüngerer Bruder fuhren mit dem Planenwagen zur Bahnstation im Glasmacherort. Sie wollten dort Waren für den Kramladen abholen, und

Großvater strängte die Stute einseitig ab. Er band die Fahrzügel um die Wagenrunge, und er stellte meinen Bruder als »doppelte Sicherung« neben die Stute. Aber was hilft dem Menschen, was hilft den klügsten Plankommissionen das sorgfältigste Vorausplanen, wenn plötzlich ein unvorhergesehenes X eine Rolle zu spielen beginnt, das man keinem Computer einfüttern kann? Und das X des Großvaters war, daß er die Maschinenseligkeit meines Bruders unterschätzte.

Es fuhr ein Güterzug in die Station, und meinem Bruder gefiel die Lokomotive: denn die Stute sah er alle Tage, aber eine Lokomotive sah er selten. Er »floh von der Fahne«, und er blieb bei der Lokomotive, bis die anfuhr. Er beobachtete den Kolben und das Gestänge, und der Lokomotivführer befreite den Kessel vom Dampfüberdruck. Der Dampf entwich zischend und knallend, und das Knallen und Zischen und der Anfahrtpfiff der Lokomotive waren eine Nervenprobe für die Stute, und sie bestand die Nervenprobe nicht, nein, sie rannte davon, und sie zog den Planenwagen an einem Strang hinter sich her. Sie ließ sich von nichts und von niemand aufhalten, und hundert Meter hinter der Bahnstation war es der ratternde und scheppernde Planenwagen, der das Tier weiter, immer weiter und heimzu dem schützenden Stalle zutrieb. Der einsträngig gezogene Planenwagen schleuderte raumgreifend umher, und er verfing sich mitten in der Heide an einer am Wegsaum stehenden Birke. Der Birkenstamm klemmte sich zwischen das rechte Vorderrad und seine Achse, und die Deichsel schwang durch diesen Anprall derb aus, und sie durchschlug den Oberschenkel der Stute.

Ein Pferd war durchgegangen. Das war nichts Besonderes damals auf dem Dorfe, und die Dorfleute nahmen es hin, wie sie heute einen Autounfall hinnehmen.

Ein Bergmann fand das aufgelaufene Gespann in der Heide, und er benachrichtigte uns, und die Nachricht lautete: »Eure Stute klebt an eine Birke!«

Ich fuhr mit dem Fahrrad in die Heide, sah die geschwollenen Muskeln der Stute und tastete die Bruchstelle ab. Die Stute stöhnte. Ich wartete nicht, bis der Großvater und der Bruder eintrafen, und ich tat wieder etwas, was mir nicht aufgetragen worden war: Ich raste ins Dorf, und ich telefonierte nach dem Roßschlächter. Man ist alleene Manns genug!

Die Stute wurde verladen, und ich sah, durch meine Tränen hindurch, die Tränen in den Augen des Großvaters, aber das waren wohl keine Mitleidstränen; es waren Zorntränen. Großvater war zornig über sich selber, über seine eigene Unzulänglichkeit. War er nicht eh und je der Mann gewesen, der alles gut bedachte? Das war er, wirklich, das war er, aber das hatte auch seine Selbstgerechtigkeit gesteigert, und seine Selbstgerechtigkeit wuchs bis in die Kronen der Eichen, die vor seinem Stubenfenster standen, aber »alle sieben Jahre paßt ein Schuh ...«.

Wieder mußten wir mit der Großmutter um ein Leihpferd in die Nachbarschaft, und wieder wurde es dringend, auf den Pferdemarkt zu fahren, und wieder glaubten wir, wenn das neue Pferd auf dem Hofe sein würde, käme alles in die Reihe und unser Glück würde vollkommen und unverrückbar sein.

Großvaters Welt

Großvater wurde neunzig Jahre alt, und ich sah ihn nie mutlos, nie kraftlos. Auf seinem Totenbett prügelte er sich noch mit einem jungen Mann, der ihn zu zeitig beerben und ihm die Uhr wegnehmen wollte. Die Uhr und der Kalender waren Großvaters Navigationsgeräte durchs Leben.

Wenn im Frühling der Kopfsalat im Garten einwuchs und der Wind mit den zartgrünen Blättern spielte, so hieß es bei Großvater: »Vorwärts geht's, der Salat spielt schon mit den Ohren!«

Die Tiere hatten für ihn eine ins Menschliche übersetzte Sprache:

Der Kater vor dem Scheunentor sagte zur Katze auf dem Heuboden: »Katharina, komm mal raus, komm mal raus!«

Der Hengst rief der Stute zu: »Hiiier bin ich, hiiier!«, und die Kohlmeise sang: »Hier sitz ich fein, hier sitz ich fein!«

Die Krähen ermunterten im Winter einander: »Knoche dürr, Knoche dürr. – Klaube ab! Klaube ab!«, und die Schwalbe sang im Sommer am Hausgiebel: »Hosen flicken, Hosen flicken? Kein Zwirrn, kein Zwirrn.«

Der Grünspecht schrie nach Großvaters Auslegung im Frühling: »Weib, Weib, Weib!«, und im Herbst: »Strick, Strick, Strick!«

Der Täuber gurrte: »Heb den Rock hoch, heb den Rock hoch!«, und der Goldammerhahn sang im Birkenwipfel: »Wie, wie, wie hab ich dich lieb!«

Manchmal mein ich, Großvater sei ein Dichter gewesen, einer, dem sein hartes Leben nicht Zeit ließ, aufzuschreiben, wie er die Welt sah.

Damals bei der Haferaussaat

Die Sonne wärmte den Singdrang der Meisen an. Wie die Spitzen von Sattlernadeln standen im Garten die Blätter der Scyllas schützend um die blauen Frühblüten. Die Stare zerpfiffen uns den Morgenschlaf. Die Spatzen führten ihren Frühlingskrieg. In den Mutterstuten hüpften die Fohlen.

An so witterungsgünstigen Frühjahrstagen säte Großvater den Hafer. Er trug das Säetuch, über der linken Schulter verknotet, gerafft in der linken Hand. Das Tuch hatte die Großmutter aus selbstgezogenem Lein gewebt. In jedem Frühling wusch und bleichte sie es für die erste Aussaat.

Die Haferkörner zischten im Takt von Großvaters Schritten aus seiner rechten Hand auf das vorgeeggte Feld. Wir Kinder hüpften hinter dem bärtigen Alten her. Von Zeit zu Zeit flog, von Großvaters listigem Lächeln begleitet, ein Ei aus dem Säetuch. Es waren gekochte Hühnereier. Wir ergriffen sie flink, pellten und verzehrten sie im Laufen, um das Herausschnellen des nächsten Eies nicht zu versäumen.

Wie bei vielen Völkern, so war das Ei auch bei den Sorben ein Symbol der Fruchtbarkeit und des Frühlings. Die mitausgesäten Eier wurden der Frühlingsgöttin zum Opfer gebracht.

Aber die fressenden Götter und Göttinnen der Menschen verwandelten, vergeistigten und verwissenschaftlichten sich im Laufe der Jahrhunderte. Großvater kannte die Bedeutung seiner Eieraussaat schon nicht mehr.

Trotzdem fuhr er stets mit einer Mandel Eier, den Hafersäcken und vier Enkeln auf dem Wagen zur ersten Aussaat. Wir Kinder, Engel und Bengel, verspeisten also die der Frühlingsgöttin zugedachten Eier und waren damit, ohne es zu wissen, für das Gedeihen des Hafers verantwortlich. »Das muß so sein!« behauptete Großvater.

Später erfuhr ich, daß vieles, von dem die Alten behaupteten, es müsse so sein, durchaus nicht *so* sein muß.

In einem Stall, den wir die BAUKAMMER nannten, verwahrte Großvater sein Handwerkzeug. Dort bastelte er zuweilen, schnitzte etwas auf der SCHNITTEBANK, und wir Kinder stellten uns als Zaungäste ein.

»Großvater, was wird das?«

Großvater lächelte hintergründig und sang selbstgedichtete Liedchen: »Neugier, Neugier, nick, neck, nach – zwickt die Frau den ganzen Tag …«

Manchmal sang er aufgeschnappte Operettenschlager, die er umgedichtet hatte: »Du kriegst ein vernikkeltes Fahrrad, du kriegst auch ein Automobil; zuletzt ein lenkbares Luftschiff – ist das nicht mehr als zuviel?«

Großvaters aderige Hände mit den dicken Daumen schnitzten mit dem Jagdnicker papierdünne Leisten, verleimten sie zu einem Rhombus und spannten Pergamentpapier über das Gestell. Jetzt sahen wir, daß es ein Drache wurde. Eines Tages aber fertigte der Alte eine Walze mit vier Spatenflügeln an.

»Großvater, was wird das?«

»Wartet bis Sonntag!«

Am Sonntagnachmittag zog Großvater wie ein alter Gänserich, der zur Abwechselung die Führung der Junggänse übernommen hat, mit uns über den Mühlberg. Knarrend und rungsend arbeitete dort noch die alte Windmühle. An einem Rinnsal zwischen Sand und Heidekraut lagerten wir uns. Ölig schillerndes Wasser, das man aus den Tiefbauen der nahen Braunkohlengrube pumpte, floß durch die Heide und setzte an den

Rinnsal-Rändern Eisenocker ab. Großvater schnitzte zwei Pflöcke aus Birkenzweigen. Sie gabelten sich am oberen Ende und wurden rechts und links in den Grabenrand gesteckt. In die Gabelungen legte Großvater die geschnitzte Flügelwalze. Das fließende Grubenwasser berührte die Ränder der hölzernen Flügel und setzte die Welle in Bewegung. Ein Wunder, eine primitive Maschine, die nach dem Prinzip der Wassermühlen arbeitete, war entstanden.

Wir saßen, die Barfüße von Ockerschlamm bedeckt, am Rande des Rinnsals, und das lebendig gewordene Holz belebte unsere Phantasie. Konnte man nicht an den Enden der Walze hölzerne Kader anbringen und, mit Hilfe eines Treibriemens aus Schnur, andere kleine Maschinen antreiben?

Am nächsten Sonntag schnitzte Großvater ein hölzernes Stampfwerk und versah die kleinen Stampfer am unteren Ende mit Schuhzwecken. Das Stampfwerk klapperte im Heidekraut und trieb unsere Phantasie aufs neue an: Jedes von uns Kindern versuchte wochüber ein Männchen zu schnitzen. Auch Großvater schnitzte eines, und das war das beweglichste; es wurde mit seinen Armen an einer Kurbel befestigt und schien nun die Mühle anzutreiben.

Jetzt sollte ein ganzes Dorf mit arbeitenden HOLZLEUTEN geschnitzt werden. Unsere Wünsche wuchsen Großvater über den Kopf. Er lenkte uns mit etwas anderem ab, und das war eine Äolsharfe. Er hängte sie in die Äste der Hof-Esche, und sie summte mehrstimmig, wenn der Wind in sie hineinfuhr. Wenn man lange in die grünen Blätter sah und der Windharfe lauschte, erfuhr man phantastische Geschichten.

Das war die Zeit, da ich zum ersten Male die Befriedigung von Erfindern und Dichtern nachempfand, denen es gelang, Naturkräfte in Arbeitsleistungen oder in Poesie zu verwandeln, die Zeit, da ich zu ahnen begann, daß das Schöpferische das ist, was ein Mensch seinen Mitmenschen an Unzerstörbarem zurückläßt, wenn er unseren Augen entschwindet und sich wieder in einer der vielen möglichen Formen in den Kreislauf der Materie einordnet.

Tran

Frühsommermorgen – doch die Sonne ist fern, und der Himmel ist grau und voll Wasserdampf, und der Dampf kühlt sich ab, und er wird zu Regen.

Es regnet vom ersten Taglicht an, und die Kühe stehn unter den Bäumen und glänzen und triefen und kaun ihre Nachtnahrung wieder.

Immer, wenn sommers die großen Regen über das Land gehn, zieht mit ihnen ein Geruch heran, der Geruch von Großvaters Schuhtran.

An solchen Sommer-Regentagen, an denen man sich auch mit dem Kartoffelsack als Mantel nicht lange im Freien aufhalten konnte, kochten wir Großvaters Tran, und wir kochten ihn in der Viehküche, und Großvater benutzte einen verräucherten, gußeisernen Topf dazu.

Das Grundelement von Großvaters unübertrefflichem Schuhtran war ranzig gewordenes Leinöl, das er jahrsüber sammelte, und eine andere Substanz, die hinein gehörte, war Harz von Fichten, Kiefern und Sauerkirschbäumen. Sodann durften gestoßene Kreide und eine Prise Heringslauge nicht fehlen und etwas Pferdeurin, den ich besorgen mußte; und während ich im Pferdestall auf die Bereitwilligkeit eines Pferdes lauerte, Großvaters Schuhtran aromatisch zu ründen, kratzte Großvater Ruß – und der durfte nur von einem Holzfeuer stammen – aus dem Schornstein.

Das Kochen begann. Großvater rührte, und ich feuerte mit lockerem Reisig, das in den Flammen zerging. Wir kochten drei Stunden, und es roch bald nach Harz, und es roch bald nach ranzigem Leinöl, dann wieder nach Heringslauge oder nach Pferdeurin, je nach der Substanz, die sich überm Feuer gerade erschloß.

Großvater machte beim Rühren seine Verschen: »Ein Schuh, der sich nicht dicht verhält, macht mehr Krepier, als uns gefällt ...«

Sonntags schmierte Großvater seine Schuhe, seine Schaftstiefel, auch seine Holzschuhe und das Oberleder der Holzpantinen. Auch wir Kinder ließen unsere Sonntagsschuhe von Großvater schmieren; sehr zum Leidwesen unserer Mutter übrigens, denn ein Schuh, den man mit Großvaters Schuhtran behandelte, wurde nie mehr blank, blieb blind sein Leben lang.

»Das verrrfluchte Schuhkremm«, das man im Dorfladen kaufen konnte, war nach Großvaters Ansicht ungesund, aber sein Schuhtran war gesund, weil er kein Wässerchen an die Füße ließ. Wir spazierten am Sonntagnachmittag, von unseren Spielfreunden beneidet, im seichten Wasser des Dorfteiches umher und spielten Jesus auf dem See Genezareth.

Großmutter zog sich einen Husten zu. Großvater behauptete, sie habe nasse Füße gehabt. »Das verschißne Schuhkremm!« Er suchte Großmutters Schuhe, die sie vor ihm versteckt hatte, und er fand sie und trante sie.

Großmutter erhob ein Geschrei und spuckte vor Großvater aus, als sie die Schuhe anziehn wollte, um in die Kirche zu gehn. Großvater lachte und brachte sie auf, bis sie schrie: »Je älter du wirst, desto unfrommer wirst du!«

Großvater beeindruckte das nicht. Er wollte nicht fromm sein. Über den Lieben Gott konnte man von ihm nichts erfahren, dafür kannte er viele Geschichten vom Teufel, und er hatte, wie er behauptete, mehrmals mit dem Teufel zu tun gehabt.

Großmutter ging nach Großvaters Ansicht nur in die

Kirche, um dort mit anderen Frauen schwatzen zu können. »Krah, krah, krah – tschert, tschert, tschert – das ist ihr Gottesdienst.«

Vielleicht hatte Großvater recht: Auch Großmutter war nicht eigentlich fromm, aber ein Vergnügen mußte ein geplagtes Weib haben, und deshalb ging Großmutter vor allem bei Hochzeiten, Taufen und Leichenbegängnissen in die Kirche.

Nun heiratete die Tochter des Gutsherrn einen verdümmelten Offizier, und Großmutter mußte in die Kirche.

Großvater ging in den Wald um Besenreisig, denn auch der Gutsförster mußte ja in der Kirche sein. Und als Großvater am Hause Gottes vorüberkam, standen da links vor dem Eingang Großmutters stinkende Schuhchen. Großmutter war auf Strümpfen zur Hochzeit gegangen.

Großvater ging nach Hause, zog seinen alten Bräutigamsanzug an, setzte seinen Hut mit dem verschwitzten Zierband auf, nahm Großmutters Schuhe und trug sie in die Kirche.

Die Orgel spielte, und Großmutter hustete, und Großvater stellte ihr die stinkenden Schuhe hin, und er ging wieder hinaus und zog sich daheim wieder um. Großmutter weinte, sie weinte oft über den alten Teufel, dessen Liebe so hart und nachdrücklich war.

Die Tabakpfeife

Alles, was Großvater im Bauernkalender las, war für ihn NATURREINE WAHRHEIT. Was in den Zeitungen stand, war teils wahr und teils erlogen. In den Büchern standen erdichtete Geschichten, und etwas ausdichten konnte Großvater sich selber. Er tat es auf dem Kutschbock beim Klappern des Fuhrwerks: »In der Linde, der krummen, hörst du Bienchen und Hummchen summen…«

Wenn wir Großvater beim lauten Versemachen ertappten, machte er: »Simm, simm, simm«, als striche er alles durch, sah uns an und sagte: »Ja, ja, so ist das, so ist das!« – Nach der Meinung der Dorfleute konnte ein Häusler, der Verse machte, nicht ganz richtig im Kopfe sein.

Abends, nur abends, rauchte Großvater seine lange Tabakpfeife. Sie hatte einen Porzellankopf, und der war mit einer Waldlandschaft bemalt: Zwischen giftgrünen Bäumen stand ein röhrender Hirsch, dem viel Atemdampf aus dem Geäse kam.

Die Tabakpfeife war eine Lehrerpfeife, und Großvater war stolz auf sie. Er hatte sie zusammen mit einem hölzernen Lehnsessel auf einer Auktion erstanden. Sie gehörte zum Nachlaß des Lehrers aus Großvaters Heimatdorf Klein-Partwitz; der Lehrer hatte Kopetzki geheißen und war nach Großvaters Meinung der beste Vogelkenner des Sorbenlandes gewesen. »Er konnte dir jeden Vogel nachmachen, er war dir schon selber ein Vogel.« Großvater blies und puffte bläuliche Tabakwölkchen in die Stube. Er rauchte nur Rippentabak; denn der war am billigsten, und er kaufte ihn in der Kreisstadt beim Zigarrenmacher in kleinen Bündeln. Den Tabak schnitten meine Schwester und ich mit Großvaters scharfem Jagdnicker, den wir sonst nicht anrühren durften.

Die KAUFMANNSTREICHHÖLZER waren für den tiefen Porzellankopf an Großvaters Pfeife zu kurz, und sie waren vor allem UNGESUND, wie Großvater behauptete, deshalb fertigten wir Schwefelhölzchen an, wenn Großmutter bei einer Nachbarin zum Schwatz war. Wir waren dann für längere Zeit sicher, denn Großmutter schwatzte gern und nichts als PAPPEREPAPP, wie Großvater sagte. Er schnitt mit seinem Jagdnicker zweifingerlange Hölzchen von einem Kiefernkloben, während auf der glühenden Herdplatte in einer alten Kasserolle Schwefelklumpen flüssig gemacht wurden. Schwefel war SEHR GESUND, wenn man Großvater glauben durfte, und wir glaubten es ihm, weil er selber glaubte, was er sagte. Er biß ein Stück von einem Schwefelklumpen herunter und verzehrte es, und auch wir verzehrten je unser Schwefelstück, ohne die Gesichter zu verziehen.

In einer Alchimistenkuchel kann's nicht schlimmer gestunken haben als in Großvaters Stube, wenn der Schwefel kochte. Wir tauchten die Enden der zugeschnittenen Hölzchen bündelweit in den flüssigen Schwefel, und die Schwefeltropfen erstarrten in der Stubenluft zu gelben Schwefelholzkuppen.

Zum Anzünden der Schwefelhölzer benötigte man ein Herdfeuer oder eine glühende Ofenplatte, deshalb konnte Großvater seine Pfeife nur in der Nähe des Ofens rauchen.

Der geschnittene Rippentabak hing in einem Beutel am Türpfosten. Den Beutel hatte meine Mutter als Kind für Großvater zum Geburtstag aus Flicklappen zusammengenäht und mit bunten Glasperlen bestickt. »Unsere Lene, was hat sie für geschickte Finger!« konnte Großvater sagen, wenn er den Tabakbeutel besah.

Auch wir durften Großvaters Tabakpfeife rauchen, wenn wir Zahnschmerzen hatten. Wir hatten Zahnschmerzen, wenn wir für die Schule die Bücher des ALTEN TESTAMENTS auswendig lernen sollten: »Jesaja, Jeremia ...«

Großvater achtete darauf, daß wir den Rauch lange genug im Munde behielten, damit der Zahnschmerz ausgeräuchert wurde. Eine solche Zahnbehandlung endete meist mit schwerer Blässe und nachfolgendem Erbrechen des Patienten. Beide Erscheinungen reichten aus, die Schule mit Berechtigung zu schwänzen.

Um die Weihnachtszeit kam alljährlich der neue Kalender. Er enthielt die Daten der Kram-, Vieh- und Pferdemärkte unseres Bezirks, und er brachte die Wettervorhersagen nach dem HUNDERTJÄHRIGEN KALENDER.

Einmal waren wir in der Heuernte, und der Kalender hatte gut Wetter vorausgesagt, doch als wir das Heu schon fast trocken hatten, brach ein Gewitter los und verdarb es. Großvater zog den Tischkasten auf, packte den Kalender und warf ihn aus dem Fenster hinaus in den Regen: »Was fällt dir ein? Da überführ dir, du Lügensack!«

Großmutter holte den Kalender herein. Er hatte achtzig Pfennig gekostet. Sie entschuldigte den Kalender: »Es kann doch vorkommen, daß eins mal die Unwahrheit sagt.«

»Du vielleicht, ich nicht«, sagte Großvater.

Die Kalendergeschichten las Großvater jahrsüber mehrmals, und manche Partien der Geschichten konnte er auswendig, besonders, wenn sie sich auf Personen aus der Geschichte der von ihm gehaßten Preußen bezogen oder auf Personen, die einem Mord zum Opfer gefallen waren, oder auf andere, die sich selber umgebracht hatten.

Als sich im Dorf ein heimatloser Fleischergeselle erhängte, zitierte Großvater aus einer Kalendergeschichte: »Er sah kein Land mehr, nur böse Menschenzungen, und er ließ sich von ihnen treiben und suchte die Handwärme seiner Mutter, und die war nicht mehr, und da legte er sich ein Seil aus Hanf um seinen Nacken und schied ...«

Im Kalender standen auch Inserate, zwielichtige Bücher wurden angeboten: FREIE LIEBE oder EHE IN NOT und WIE LERNE ICH MICH JAPANISCH SELBSTVERTEIDIGEN, auch HERREN RAUCHEN BREMER KEULEN.

Die Inserate kümmerten Großvater nicht. Er nannte sie: »Schißchen, schißchen.« Aber die RATSCHLÄGE FÜR GESUNDE UND KRANKE TAGE las Großvater eifrig, obwohl er nie ernstlich krank war. Er hatte sich vorgenommen, sehr alt zu werden, einerseits, um sehen zu können, ob seine Enkel einmal REICHE MÄNNER werden würden, andererseits, damit Großmutter, die er für leichtsinnig hielt, seinen NACHLASS nicht würde verprassen können.

In dem Jahr, von dem ich erzähle, brachte der Kalender eine Abhandlung über die SCHÄDLICHKEIT DES TABAKRAUCHENS. Großvater rauchte fortan nicht mehr und stellte seine Tabakpfeife in die Bodenkammer. Uns erzählte er, im Tabak kämen bestimmte Tierchen, sogenannte NIKOTINA vor, die mit dem Rauch in die Lungen und Mägen der Menschen drängen, um sie allmählich zu töten. Großmutter spuckte vor Entsetzen aus.

Ohne Tabakpfeife wurden Großvater die Winterabende lang. Er lehrte uns das Kartenspielen: SCHAFKOPP und SECHSUNDSECHZIG. Wir wurden abgefeimte Kartenspieler und spielten nicht nur in der Schule, sondern auch in der Kirche während der Predigt hinter der Orgel. So kamen wir unangefochten vom Bußdrang, den uns der Pastor einzuverleiben gedachte, über den Winter.

Was sich nun jahrsüber in der Kalenderredaktion der Stadt Sorau auch abgespielt haben mochte, ob die Firmen, die die Zigarren BREMER KEULE oder den Tabak KRAUSES SCHWARZER KNASTER als besonderen Lebensgenuß angepriesen hatten, der ANTINIKOTINKAMPAGNE des Kalendermachers wegen ihre Inserate zurückgezogen oder wenigstens mit deren Zurückziehung gedroht hatten, im neuen Kalender erschien eine vorsichtige Zurücknahme des allzu strengen Gesundheitsratschlages vom Vorjahr. Man dürfe schon ein wenig rauchen, ja, ja, hieß es, vor allem Zigarren und Pfeife, doch sei wichtig, die Pfeife stets sauberzuhalten.

Da holte Großvater seine Tabakpfeife aus der Kammer und rauchte fortan wieder, aber er säuberte die Pfeife täglich mit einem langen Draht in der Regentonne auf dem Hofe, und er trocknete sie tagsüber auf dem Ofen, um sie am Abend rauchen zu können.

Alles kam in die Reihe: Wir schnitten wieder Tabak und stellten zu Großmutters Unfreude Schwefelhölzer her, und Großvater sog mit den feinen Tabakpüffchen winters eine Menge Geschichten aus der Pfeife, die mich noch heute bewegen.

Das Teufelsmesser

Großvaters Tischschublade enthielt merkwürdige Dinge: einen Glasschneider, eine Anreißschnur für Zimmerleute, die mit Ofenruß geschwärzt werden mußte, um mit ihr den Weg der Schrotsäge auf Brettern und Balken vorzuzeichnen; Munition für ein Zündnadelgewehr; ein Tütchen Teufelsdreck, vor dem jede Hexe floh, wenn man ihn anzündete und schwelen ließ, und ein Stück vom Hängestrick eines gewissen Sastupeit, der sein Leben im Schnapsrausch beendete; aber das schaurigste Ding war ein Taschenmesser mit Hirschhornschalen, das nichts weniger als in der Wade eines Teufels gesteckt hatte. Der Teufel war blaß gewesen, jung noch und unerfahren, ein Anfänger in seinem Beruf, und wir kannten ihn fast mit Vornamen aus Großvaters Erzählungen, und mit den Jahren tat er uns leid.

Nach Großvaters Berichten steckte in jedem Wirbelwind, der sommers über die Felder küselte, ein Teufel. Je kleiner der Wirbelwind, desto kleiner der Teufel, der drin saß und Dinge lebendig machte, die sonst still dort lagen, wo sie hingehörten, wie Misthalme, welke Baumblätter, Papierstückchen, verdorrte Blumen und den nötigen Weg- und Feldstaub, natürlich, der die bekannten Trichter und Wirbel abgab, in denen sich der Teufel versteckte.

Ja, wenn es überall so beherzte Männer wie Großvater gegeben hätte, hätte es nirgendwo in der Welt zu Wirbelsturmteufeleien kommen können, bei denen Häuser niedergerissen, Fabrikschornsteine gefällt und Menschen emporgeschleudert wurden.

Alles Niewiederkehrende hatte sich in Großvaters Kindheit und in seiner Jugendzeit und im LANDE Klein-Partwitz im Kreise Hoyerswerda ereignet; das war Großvaters Heimatdorf.

Großvater macht Mittag beim Heidekornmähen, und er trinkt aus der bauchigen Tonflasche, und wie er in die flimmernden Felder sieht, erblickt er über Schubeinz' Feld einen kleinen Wirbelwind, und der Wirbelwind kommt auf Großvater zu und packt Großvaters Brottuch und hebt es empor, und das Brottuch gehört dem Förster aus Blunow, bei dem Großvater Knecht ist, und Großvater nimmt sein Taschenmesser, mit dem er vom Brotkanten heruntergeschnitten hat, und er wirft es in den Wirbelwind, und der Wirbelwind pfeift, und die Luft geht ihm aus, und er verschwindet, und am Rain sitzt ein kleiner Teufel, und das Messer, Großvaters Messer, steckt in der Wade des Teufels.

Das Teufelchen ist blaß und hilflos, und es bittet Großvater, er möge es vom Messer befrein, und es ist der unentbehrliche Pferdefuß, in dessen Wade das Messer steckt.

Großvater ist nicht bereit zu tanzen, wie so ein kleiner Teufel pfeift, und er springt hin und schüttelt den kleinen Teufel: »Sich dir vor und laß die Leite in Ruhe!«

Und der kleine Teufel bittet um Gnade und ist bleich und zittert wie ein Lehrling nach der ersten Zigarette, und Großvater zieht ihm das Messer aus der Wade, und fort ist der Teufel, und Großvaters Brottuch stinkt, und die Förstermagd muß es waschen, dreimal nach Regel und Kunst, und auch dann stinkt es noch, daß man es nicht im Hause behalten kann.

»Ach, der arme Teufel, hatte er am Pferdefuß eine Wade, Großvater?« – »Ssa, ssa«, machte Großvater, und er überhörte die Frage, »ja, so ist das mit dem Deibel!« Großvater zeigte an der Messerklinge, wie tief das Messer in der Wade des Teufels gesteckt hatte, und da war vor allem das Messer, das keinen Zweifel an der Wahrheit der Geschichte zuließ, zumal wir wußten, daß Großvater es seither nie mehr benutzte.

An diese Teufelei muß ich denken, wenn ich in gewissen westlichen Zeitungen etwas über mein Land oder gar über mich lese, und ich finde, daß sich manche Zeitungsschreiber dort der Methode meines sorbischen Großvaters bedienen, Teufelsgeschichten aufzutischen. Was mich wundert, ist, daß es dort Leser gibt, die so naiv und glaubfreudig sind wie wir als Dorfkinder in den Niederlausitzer Wäldern.

Das Traumpony

In der Kreisstadt regten mich Plakate auf: Es waren fauchende Löwen, tatzende Tiger und gescheckte Pferde drauf zu sehen. Ein Zirkus gastierte auf dem Pfortenplatz.

Wir hatten fünfzehn Kilometer bis ins Heimatdorf zurückzulegen und konnten nicht bis zur Abendvorstellung warten, aber die Pferde wollten Großvater und ich uns ansehen.

Wir fuhren zum Zirkusplatz, spannten unseren alten Brandfuchs aus, banden ihn an eine Linde und gingen in die Tierschau.

Am Eingang stand ein Kamel. Die Höcker wären Vorratstonnen, erklärte Großvater. Die haarige Kamelhaut wäre drübergespannt, damit das Wasser in der Wüste nicht ausschwappe. Von drei langhaarigen Ziegen behauptete Großvater, sie kämen aus Ländern mit ewigen Wintern, denn sein Wissen um fremdländische Tiere entstammte den Geschichten des SORAUER LANDKALENDERS, den er in der Tischschublade aufbewahrte.

Die Zirkusplakate versprachen, die Ziegen würden als Seiltänzerinnen auftreten, und ein Schwein sollte einen Böller abschießen. Das gescheckte Schwein gefiel Großvater nicht. »Gescheckter Speck – das wär ein Dreck!«

Etwas länger hielten wir uns bei einem geschwänzten Affen auf. Er begaffte sich in einem Taschenspiegel und bestrich sich mit einem Pinsel die Wangen.

»Ein kluges Tier«, sagte Großvater, »es will sich rasieren.«

Der Affe biß in den Pinsel, und die Borsten flogen umher. Großvater war enttäuscht.

Wir gingen zu den Pferden, sahen uns die Gäule an, die die Zirkuswagen zogen und in den Vorstellungen einen Sechserzug abzugeben hatten, und wir entdeckten die Ponys. Sie standen in einem weiß gestrichenen Gatter. DIE KLEINSTEN PFERDE DER WELT war auf einer Holztafel zu lesen.

Großvater musterte die Ponys. Er sah einer kleinen Stute ins Maul. Ich kletterte über das weiße Gatter. Der Hengst, ein Fuchs mit heller Mähne, kam drohend auf mich zu. Großvater packte mich beim Rockkragen und zog mich aus dem Gatter, ehe der Stallbursche mein unerlaubtes Tun bemerkt hatte. Aber ich schrie vor Schreck, und der Stallbursche kam und vertrieb uns. Großvater wischte mir mit seinem karierten Taschentuch die Tränen. »Bis stille, wir kaufen so ein Ding!«

Ich hörte auf zu schluchzen; Großvater war für mich der mächtigste Mann der Welt.

Der Zirkusdirektor saß auf der Wohnwagentreppe und aß Kirschen aus einer Tüte. Großvater trug sein Anliegen vor. Der Direktor grinste. »Pony? – Kannst du nicht bezahlen.«

Großvater knöpfte die Jacke auf und ließ seine vergoldete Uhrkette sehen. Der Direktor starrte in seine Kirschtüte. Großvater zog die Uhr heraus und drückte auf einen kleinen Knopf an ihrem Gehäuse. Eine dünne Uhrmusik erklang: »So leben wir, so leben wir, so leben wir alle Tage ...« Der unterlegte Text stammte von Großvater. Der Zirkusdirektor reagierte nicht. Er war Trompetengeschmetter gewöhnt. Großvater steckte die Uhr ein. Er hatte sie auf einer Nachlaßauktion billig erstanden. Die Uhr klimperte in Großvaters Westentasche weiter. An der Uhrkette hing ein kleiner Kompaß. Großvater zeigte ihn dem Zirkusdirektor. »Mit diesem

Ding kannst du dich nie verfahren. Hier ist Süden, und dort ist Norden.«

Der Direktor spie unbeeindruckt Kirschkerne auf den Rasen.

»Gib mir ein Stütchen, und ich geb dir klare hundert Mark, ein appetitliches Angebot«, sagte Großvater. Der Zirkusdirektor steckte drei schwarze Kirschen mit eins in den Mund. Aber Großvater schien nicht weniger nach einem kleinen Pferd zu gieren als ich. »Einhundertzehn Mark bar auf die Hand«, sagte er und versicherte, es würde ihm auf einen Taler Halftergeld für den Stallburschen nicht ankommen.

Der Direktor blies seine leergegessene Kirschtüte auf, zerknallte sie zwischen den Händen und verschwand im Wohnwagen. Großvater spie verächtlich nach allen Seiten aus.

Den Shetlandponys lief ich viele Jahre nach. Ich träumte davon, eines zu besitzen, und nannte als wandernder Gelegenheitsarbeiter doch oft nur eine geflickte Hose mein eigen. Ich war ein unheilbarer Pferdenarr.

Später, als ich schon ein Bücherschreiber war, gewahrte ich, daß Kinderträume sich zuweilen verwirklichen lassen, wenn man sie als Erwachsener nicht aufgibt: Zu meinem zweiundvierzigsten Geburtstag stand ein Pony im Stall. Über dieses Pony schrieb ich ein Buch. Das Buch wurde in die russische und in andere Sprachen übersetzt. Leser, Kinder und Erwachsene, schrieben mir begeisterte Briefe. Es gab, wie ich sah, viele Pferdenarren auf der Welt, deren Traum, ein Pony zu besitzen, sich nicht erfüllen ließ. Mit dem Buch aber, das ich geschrieben hatte, vervielfachte ich die Freude an meinem Traumpony, daß auch andere daran teilhaben konnten. Das erschien mir und erscheint mir heute noch wie Zauberei und läßt mir meinen Beruf schöner erscheinen als alle Träume.

Die Macht des Wortes

Jedes Jahr setzte Großvater vorgezogene Kürbispflanzen in Kompost und zog große gelbe Kürbisse für den Winter. Der Komposthaufen war auf dem Felde. Durch die Felder schlichen zuweilen redliche Menschen, wenn man den Worten der Bibel traun kann: Sie säten nicht, und sie ernteten doch, und deshalb nächtigte Großvater, wenn die Kürbisse reiften, draußen. Er breitete seine blaue Schürze aus, legte sich hin und schlief im Raingras, und da er beim Schlafen schnarchte, waren die Diebe gewarnt.

Eine Weile ging's gut, aber Großmutter war noch eifersüchtig. Sie wollte kein Mannsbild, das nachts »umherzigeunerte«. »Denk an den Winter! Denk an dein Rheuma. Ich reib dich nicht ein, wenn es dich wieder quält. Im Grase liegen – bist doch kein Rehbock!«

Großvater nahm seine Schürze und ging zur Großmutter in die Kammer, doch bevor er das Feld verließ, nahm er sein Messer und ritzte in alle Kürbishäute: »Gestohlen bei Kulka.«

Die Kürbisse wuchsen. Großvaters Schrift wuchs mit. »GESTOHLEN BEI KULKA.« Die Diebe umschlichen den Komposthaufen und ließen die Kürbisse, wo sie waren. Großvaters Buchstaben wirkten wie Zauberrunen.

Lob auf den Juni

Der Mai umschmeichelte uns mit Kirsch-, Kastanien- und Apfelblüten. Fliederduft und der Blütenschaum der Schlehen verwirren uns, so daß wir die schlichteren Blüten des Junis kaum beachten.

Aber alles Grün ist am grünsten im Juni, wenn der Holunder uns seinen südlichen Duft auf weißen Tellern hinhält, die sich später im Jahr mit blauschwarzen Beeren füllen.

Am Wegrand stehen die Heckenrosen; zart ist ihr Rosa, scheu ist ihr Duft, glanzrot sind später die Hagebutten. Der Ginster bringt uns das Märchengold der Kindheit zurück, während hinter den Goldtropfen bereits die Entwürfe seiner haarigen Schoten auf ihre Verwirklichung warten. Das strebende Blau der steilen Lupinen bereitet den Weitsprung der Samen vor, und das Labkraut preist sich mit Honigduft an. Die versteinten Robinien münzen gesammelten Stickstoff zu Trauben aus Blüten um, deren Duft die Bienen von weither herbeiruft. Der Nelkenwurz sorgt mit gelben Insektenreizen schon für die buntborstigen Samenkugeln. Das Flirren und Sirren von Käfer- und Bienenflügeln um die strohfarbenen Lindenblüten summiert sich zum Brausen. Erinnerungen ziehen herauf: jener Orgelbaum, der den Hof des Elternhauses eindunkelte; jener milde Lindblütenduft, der durchs geöffnete Schlafkammerfenster bis in unsere Träume drang; jener duftende Dampf vom Aufguß der getrockneten Blüten, der die jachen Fieber der Kindheit dämmte.

Nicht zu reden von Gräsern und Kräutern. Der Mai ließ sie wachsen, aber der Juni öffnet ihnen die Knospen. Die Rehe setzen ihre Kitze in die blühenden Graswälder zwischen Hahnenfuß, Glockenblumen und Klee.

Niemand kann hinreichend erklären, weshalb die Nachtnelke ihren Duft tagsüber für die Juniabende zurückhält. Man könnte den alten Kinderstreit heraufbeschwören: Was war früher da, die Henne oder das Ei? Sorgen die Nachtnelken mit ihrem Nektar für das Fortbestehen der Nachtfalter, oder sorgen die Nachtfalter mit ihren zitternden Flügeln für das Fortbestehen der Nachtnelken?

Das alles geschieht im Juni, wenn in den Nächten ein Streif Tag über den Wäldern stehenbleibt bis zum Morgendämmern.

Über den Mai wurden viele Gedichte geschrieben, aber wer schrieb eines über den Juni? Hat es den Dichtern das Wort »Mai« angetan, das sich willig auf »tarandei«, »frei« und »vorbei« reimt? Wie auch immer und meinetwegen, aber unterschätzt mir den Juni nicht, den Juni mit den wandernden Blütenstaubwolken des Korns!

Mann und Maus

Beim Grasmähen überraschte mich ein Gewitter. Ich kroch unter einen Heureuter auf der Nachbarwiese und saß dort wie in einem kleinen Haus. Der Regen drang mit großer Gewalt herunter. Auf der Wiese entstanden kleine Pfützen, und aus den Mauslöchern stiegen Blasen, ich aber, unter meinem Heureuter, blieb trocken. Von meinem Schuh her erkrabbelte eine kurzgeschwänzte Feldmaus mein gekrümmtes Knie, und sie blieb auf der Kniescheibe hocken wie auf einem Plateau.

Ich fiepte ein wenig, und obwohl sich das für Mausohren wie zehn Posaunen anhören mußte, lief die Maus nicht davon, sondern sah mich nur mit den immer ängstlichen Mausaugen an; mein Gesicht war vielleicht eine Mondlandschaft für sie.

Langsam führte ich meinen Zeigefinger zum Knie hin. Die Maus fürchtete auch diese Bedrohung nicht, denn sie wähnte sich auf einem Berge, und mein Zeigefinger schreckte sie weniger als das Wasser.

Da war ich mir nicht mehr sicher, ob der Mensch in jedem Falle die Tiere mit seiner Klugheit zähmte. Vielleicht war es nicht selten die Not, die Mensch und Tier einander näherte, und wir machten später, eitel, wie wir sind, eine Tugend draus.

Der Hofhase

Drei junge Hasen gerieten in eine Grasmähmaschine; dem ersten schnitt sie den Kopf ab, den zweiten schnitt sie halb durch, und nur der dritte hatte Glück, wie man's nennt, wenn man dort sitzt, wo das Unglück nicht hinreicht: Die Mähmaschine schnitt ihm nur ein Stückchen vom Ohr ab.

Mein Sohn Matthes brachte das verletzte Tier heim, und wir setzten es in eine leere Kaninchenbox. Da hockte nun der Junghase wie das Modell für den bekannten Kupferstich von Albrecht Dürer, und seine Augen schienen ängstlich zu fragen: Was wird jetzt?

Freilich, was jetzt? Wir wußten, daß Hasen die Felderfreiheit schlecht entbehren können und lieber verhungern, als das zu fressen, was eine Menschenhand berührt hat. Sollten wir den Junghasen aber mit seinem blutenden Ohr dem Fuchs sozusagen in den Rachen treiben?

Für die Nacht legten wir einen Stengel vom Kraut der süßen Kartoffel, genannt Topinambur, an dem wir zuvor die Blättchen zählten, in den Stall. Am Morgen fehlte ein Blatt, und wir lächelten hoffnungsvoll. In der nächsten Nacht fraß der Hase zwei Blättchen vom frischen Topinambur, und in der dritten Nacht fraß er schließlich einen Stengel mit allen Blättern. Wir klatschten in die Hände, als hätte der Hase ein Kunststück vollbracht, wie etwa der zahme Hase des russischen Clowns Durow, der auf einem Tamburin trommeln konnte.

In der vierten Nacht gaben wir außer dem Topinamburstengel auch ein Bröckchen Graubrot ins Abteil. Der Hase fraß es, und in der nächsten Nacht fraß er schon ein Klümpchen Brot. Seine Wunde heilte. Er wurde lustig. Sobald er sich unbeobachtet wähnte, stellte er sich am Drahtgitter auf die Hinterläufe und versuchte, in die Nachbarboxen der Kaninchen zu schielen.

Eins, zwei, drei, vier, fünf, sechs Wochen vergingen. Unser Hofhase wuchs und wurde dreister. Er duckte sich nicht mehr in den Kastenwinkel, wenn wir ihn fütterten. Er beschäftigte seine langen Hinterläufe mit Sprüngen gegen die Stallwände. Schließlich durften wir sogar zusehen, wenn er seinen Ersatzfeldlauf machte, doch wenn man ihm beim Futtereinschieben zu nahe kam, knurrte er unwillig. Er war ein Hasenrammler, wie wir vermuteten.

Aber eines Tages mußten wir in die Stadt und trugen unseren Söhnen Matthes und Erwin auf, den Hasen behutsam zu versorgen.

Die Söhne fütterten ihre Kaninchen, und sie fütterten auch den Hasen, und Matthes, der es gut meinte, wollte die Hasenbox ein wenig säubern. Dabei kam er dem Hasen mit der Hand zu nahe. Der Hase knurrte, sprang in die Höhe und gegen die halb geöffnete Tür. Matthes erschrak, ließ die Tür fahren; der Hase sprang in den Hof und verschwand zwischen den hohen Blättern der Schwertlilien.

Die Söhne wollten den Ausreißer greifen, doch der entwischte ihnen durch das Scherenzaungitter auf die Straße und flitzte in die Wermutstengel auf dem Hügel vorm Haus. Und als ihn die Söhne dort packen wollten, huschte er ins Fliedergesträuch, von dort auf den Holzplatz der Oberförsterei und schließlich in die Kiefernschonung hinter dem Sägehaus. Aus war's mit dem Hofhasen! Matthes weinte und weinte. Sein Bruder Erwin nahm ihn auf den Schoß und versuchte ihn zu trösten. Eine Ringelnatter kroch durchs Wermutgestengel. Erwin fing sie für Matthes, und als wir am nächsten Tage heimkamen, hatten wir statt des Hofhasen eine Hausringelnatter.

Der Spuk

Sommernacht, und die Igel trippeln und schnüffeln mit ihren feuchten Schwarznasen umher. Sie verschmatzen Schnecken, suchen nach herabgefallenen Süßkirschen und verschlingen, wenn's auf ihrem Wege liegt, ein Genist nackter Feldlerchen, ein Nest voll künftigen Lerchengetrillers.

Unsere Chow-Chow-Hündin Hella hatte es mit den Igeln. In Sommernächten war sie oft unterwegs, und ihr Wutgebell im Auenwald oder in der Feldmark verriet, wenn sie auf einen ihrer Erzfeinde gestoßen war.

Die Igel fauchten und rollten sich zusammen, wenn die Hündin gegen sie ansprang, und das steigerte die Kampflust der Hündin, sie wurde unempfindlich vor Wut, und sie biß in den Stachelball hinein, und das Blut troff ihr aus der zerstochenen Schnauze, doch sie gab nicht nach, und sie rollte sich die Igelkugel mit den Pfoten zurecht, bis sie sie packen konnte.

An manchen Sommerabenden brachte die Hündin zwei, auch drei Igel nach Hause, legte sie vor uns nieder und wollte gelobt sein. Wir lobten sie, gaben ihr einen Leckerbissen zur Ablenkung und sperrten sie ein, damit sie nicht noch mehr Igel heranholen konnte.

Wenn die Hündin davon war, rollten die Igel sich auf und trippelten tiff, tiff, tiff im Hofe umher. Wir tränkten sie mit Milch, und sie soffen gierig und spülten ihren Schreck hinunter. Sodann schwärmten unsere Söhne aus und brachten die Igel wieder in die Feldmark.

Am nächsten Abend brachte die Hündin ihre Feinde

wieder angeschleppt, und wir tränkten sie wieder und brachten sie weg. Das Spiel wiederholte sich einige Abende lang, und wir vermuteten, daß sich die Stachelkugeln schon mit Bedacht zu ihrer Milchtränke schleppen ließen.

Jetzt sperrten wir die Hündin ein, und ein Abend verging ohne Igelgäste. Am nächsten Abend aber stellte sich ein kleiner, besonders zutraulicher Igel von selber zum Milchsaufen ein. Wir erkannten in ihm, weil er sich nicht zusammenrollte, nur den Kopf einzog, einen alten Gast. Er blieb nach dem Milchsaufen auf dem Hofe, untersuchte die Holzpantinen an der Hausschwelle und stellte fest, daß der Gartenschlauch eine nicht zu bewältigende Riesenschlange war. Sicher hatte er als Lehrlingsigel noch keine Familie und nichts zu versorgen und konnte sich's leisten, bei uns, in der Nähe der Milchquelle, zu bleiben. Die Söhne baten uns, diesen zahmen Igel ausnahmsweise behalten zu dürfen, und wir willigten ein. Der Stromer erhielt eine Heukiste in der Nähe des Küchenherdes, und unsere Hündin Hella sah verächtlich auf ihn hinab. In der Küche verfolgte sie ihn ebensowenig, wie sie dort die Katze verfolgte, aber man sah ihr an, daß sie dachte: Laß ihn man rauskommen!

Nun aber der Igel! Abends wurde er munter, zu munter manchmal, und er rumorte, daß ich's bis in die Stube beim Schreiben hörte. Er wurde entflöht, erhielt einen Namen und reagierte sogar auf ihn, und er wurde so dreist, daß er mit der Katze zu gleicher Zeit aus dem Milchnapf soff. Jeden Abend fraß er einen Schwarm Käfer und ein Gespinst Regenwürmer. Unsere Söhne stöhnten über den gefräßigen Pflegling und stellten ihn auf Hausmannskost um. Fortan fraß der Igel Quetschkartoffeln, Brei, Quark, auch Fleischhäppchen, und er verschmähte auch jenes Schaumgebäck nicht, das hierzulande NEGERKUSS genannt wird. Davon allerdings ließen ihm die Söhne nicht allzugern etwas ab.

Dann kam der Herbst, und Stacho, so hieß der Igel, wurde nachts noch geschäftiger als sonst. Er baute sich eine Winterwohnung unterm Küchenregal, und dazu benutzte er Zeitungspapier, Flaschenkorken, Holzspäne und Rinden aus dem Holzkasten, sogar Kohlestückchen und einen Teelöffel. Das Winternest war mit diesen Utensilien nicht sehr weich und warm gepolstert, und Stacho ging nachts ruhelos umher, und eines Morgens war er verschwunden.

Die Söhne beschuldigten einander, aber jeder von ihnen beteuerte, abends darauf geachtet zu haben, daß die Küchentür verschlossen war. Nun verdächtigten sie die CHOW-CHOW-Hündin, doch Hella zeigte ihnen die blaue Zunge.

Langsam geriet unser Hausigel in Vergessenheit. Es war schon Rauhherbst, und die Mutter las den Söhnen abends in der warmen Küche Märchen vor. Die Söhne lauschten in die Märchenwelt hinein, und da wurden mit eins die gußeisernen Ringe auf dem Herd lebendig. Sie schepperten ohne erkennbaren Grund. Aus war's mit dem Märchenlesen. Es begann eine Spukgeschichte, denn die Herdringe wurden angehoben und fielen klirrend zurück. Die Söhne sahen die Mutter an, und die Mutter faßte sich ein Herz, hob die Ringe mit dem Schürhaken aus und fand nichts als Asche und Ruß im Herdloch.

Die Söhne erzählten mir die Geschichte mit großen Augen. Ich dachte an eine Eule, die zur Esse hereingeflogen sein konnte, aber dann fiel mir ein: »Kann das nicht euer Stacho gewesen sein?«

Die Söhne zweifelten. Wie sollte der Igel in einem Herd leben, in dem jeden Tag Feuer brannte?

An einem anderen Abend – wieder das Klimpern der

Herdringe. Ich sprang hinzu und hob die Ringe auf – nur Ruß und Asche im Herdloch.

»Na, Vater?« sagten die Söhne. Sie zweifelten an meiner Erklärung, daß Spukgeschichten natürliche Ursachen haben. Ich mußte Beweise liefern.

Als es ruhig im Hause geworden war, stellte ich eine Schale Milch auf, öffnete das Herdloch und hockte mich in die dunkle Küche. Jetzt wollte ich selber wissen, ob der Igel trotz Feuer und Rauch in einem Winkel des Küchenherdes überwinterte.

Erst gegen Morgen hörte ich's in der Nähe des Kamins wie vom Kehrbesen eines Schornsteinfegers rascheln. Eine Viertelstunde nichts und nichts weiter, aber dann ein leises Schmatzen am Milchnapf. Das Gespenst hatte irdische Bedürfnisse, es soff Milch.

Ich sprang auf, schloß die Feuerungstür und machte Licht: Vor dem Milchnapf saß mit eingezogenem Kopf der Igel. Er war schwarz und voller Ruß und der sonderbarste Kehrwisch, den ich je gesehen hatte.

Schweinebaldrian

Breit wie eine Heerstraße zieht sich der Sandweg durch die Buchenwälder am Stechlin-See. Ich dachte an Fontane, den Mann, der in einem Alter, in dem andere Männer schon an Rente und LEBENSABEND denken, Romane zu schreiben begann. Und diese Romane werden heute noch gelesen, und das gefällt mir am besten an Fontane.

Diesen Weg hier befuhr er in der Kutsche und machte Aufzeichnungen zu seinem Buch WANDERUNGEN DURCH DIE MARK BRANDENBURG: »Hundert Jahre haben hier wenig oder nichts verändert, alles blieb, wie es die Tage des großen Königs sahen ... Tabellen wären hier anzufertigen mit drei Rubriken nur: erschlagen, erschossen, ertrunken ... auf Meilen in der Runde kein Haus und keine Küche ... Hirsch und Wildschwein in Fülle ... immer kühler wurde es; wir wickelten uns in unsere Plaids, und niemand sprach mehr. Die prustenden Pferde warfen den Schaum nach hinten ...«

Auch mein prustendes Pferd warf den Schaum nach hinten; denn ich ritt hier auf Fontanes Spuren, wie man sagt, und schon am Anfang des Stechlin-Sees stieß ich auf ein weißes Schloß ohne Fenster, und es fügte sich in die Buchenwälder, ohne sie zu stören. Es war ein Atomkraftwerk, und es hatte sicher auch die Küche, nach der sich Fontane vergeblich umsah.

Und als ich eine Weile FÜRBASS geritten war, begann mein Pferd heftig zu schnauben und witterte etwas Unangenehmes. Jetzt ging's am Ende los mit den Räubern, und ich mußte an die Fontanische Tabelle denken: »erschlagen, erschossen, ertrunken ...« Ich sah aus der Ferne einen dunklen Sack auf dem Wegsand liegen, einen Kohlensack, aus dem ein paar Semmelbriketts gekullert waren. Als ich jedoch NÄHER HINZUKAM, bemerkte ich, daß sich der Kohlensack bewegte. Meine täuschbaren Augen hatten mir ein Märchen erzählt, denn der Kohlensack war eine Wildsau, eine Ur-Ur-Enkelin der von Fontane erwähnten »Wildschwein in Fülle«. Die kullernden Semmelbriketts waren die Frischlinge der Sau.

Ich ritt draufzu, doch die Schweine ließen sich nicht stören, ein besonderer Reiz mußte sie veranlassen, sich gerade an dieser Wegstelle zu wälzen wie Katzen auf verschütteter Baldriantinktur.

Schließlich erschraken die Schweine vor meinem schnaubenden Pferd und flüchteten in den Buchenwald. Ich sah, daß ich mich mit dem SCHWEINEBALDRIAN nicht geirrt hatte, und der SCHWEINEBALDRIAN hieß Dieselöl. Waldarbeiter hatten an dieser Wegstelle Stammholz mit einem Traktor aus dem Wald gezogen, und vom Traktor war Dieselöl in den Sand getropft.

Nichts, weder Wasser noch Moder, befreit die Schweine so wirksam von lästigen Zecken und anderem Ungeziefer wie Dieselöl. Der Himmel mag wissen, wie die Schweine das herausfanden, doch sie fanden es heraus, und nun wälzen sie sich in jedem Tropfen Dieselöl, den sie in den Wäldern erreichen können.

Kürzlich gerieten zwei Jagdkollektive in Streit, weil die Männer des einen in ihrem Revier die ständigen Suhlen der Wildschweine mit Dieselöl beschickten und damit die Schweine aus dem Nachbarrevier lockten. Aber niemand wurde bei diesem Streit wie zu Fontanes Zeiten »erschlagen, erschossen«.

Ja, ja, der Fontane! Obwohl die Wälder am Stechlin noch wie zu seinen Zeiten rauschen, und obwohl da sogar noch Bäume stehn, von deren Blättern es auf seinen schwarzen Künstlerhut tropfte, blieb dort nicht alles, »wie es die Tage des großen Königs sahen«; denn sogar die wilden Schweine hatten sich neue Bedürfnisse zugelegt, und es wäre nichts gegen diese neuen Bedürfnisse einzuwenden, wenn sich die Wildschweine verkneifen könnten, ihretwegen in fremde Reviere und vor die Flinten zu laufen.

Das Storchentreiben

Vor dem Fenster meiner Arbeitsstube weiden, vom elektrischen Hirten bewacht, die Jungrinder der Genossenschaft. An einem Sommermorgen erwachte ich und hörte sie merkwürdig grunzen, und gleich darauf stampften wohl an zweihundert Kuhbeine im Galopp über die Weide. Dann wurde es still, aber nach einer Weile begann das HÖRSPIEL von neuem, und ich ging ans Fenster, um mir den KUHZIRKUS anzusehen: Der Dorfstorch schien auf der Weide ein Gastspiel als Clown zu geben. Er stakte durchs Gras und paradierte aufreizend vor den Kühen, bis eine Kuh grunzte und auf ihn zupreschte. Sogleich grunzten auch die anderen Jungrinder und stampften los.

Eine Sekunde sah es gefährlich für den Storch aus, doch der Storch schien seinen Augenblick zu kennen, er breitete die Flügel aus, brachte sich vor den Rinderklauen in Sicherheit, erhob sich über die Köpfe der glotzenden Kühe und ließ sich seitab wieder nieder.

Ich hatte den Storch bis zu jenem Morgen für einen ERNSTHAFTEN Vogel gehalten, und seine Clownerie paßte gar nicht in meine Vorstellung von ihm. Hunde reizen Katzen zuweilen zu Eskapaden, aber ein Storch, der aus Übermut Kühe reizte, war mir noch nicht begegnet.

Der Morgenwind blies herauf. Ich nahm das Frösteln in Kauf, und bei der fünften oder sechsten KUHATTACKE kam mein Forscherdrang auf seine Rechnung: Ich bemerkte, daß der Storch, als die Kühe bedrohlich auf ihn zu rückten, mehrmals rasch mit dem Schnabel in die Wiese stieß. Durch den Kuhgalopp sprangen Frösche auf und suchten sich in Sicherheit zu bringen. Sie hüpften vor den Rindern her, und der Storch kassierte sie. Vielleicht erntete er dabei auch Mäuse, die beim KUHSTURM ihr Loch nicht rasch genug erreichten.

Damit stellte sich meine Vorstellung von der WÜRDE eines Storches wieder her; denn seine Possen hatten einen ökonomischen Hintergrund, und das beruhigte mich, obwohl ich's gar nicht liebe, wenn die Ökonomen meine POSSEN auf den Nutzeffekt hin untersuchen.

Eifersucht

In einer Mainacht ritt ich lange umher, doch die Rauhfußkäuze, auf die ich aus war, ließen sich nicht hören. Ein Gewitter zog auf. Ich suchte Zuflucht in der Holzhauerhütte der alten Pauline und stellte die Stute dort in den Schuppen. Pauline brachte ihr Ziegenheu.

Pauline, sie war nun wohl an achtzig Jahre alt, halb vertrocknet und bräunlich im Gesicht wie eine Kiefernwurzel. Als sie fünfzig war, starb ihr erster Mann am Krebs. Er starb lange, und Pauline war noch liebeslustig. Sie sündigte heimlich ein bißchen mit Albert.

Albert war drei Jahre jünger als sie. Er war dicklich, eine bauchige Flasche, und trug eine Pelerine, einen Umhang aus Kaiserzeiten, wenn er die Post für drei Dörfer austrug. Als Otto, der Holzhauer, endlich starb, nahm sich Pauline Albert, und Albert nahm sich Pauline.

Ich trat in die niedrige Holzhauerstube. Albert stieg aus dem Bett und begrüßte mich. Seine geübte Postbotenhand betastete meinen Rucksack und stieß auf die Flasche mit Reiterschnaps. Er nahm einen Schluck und saß da im Hemde und erzählte von seinen Briefträgerzeiten: »Ein Einschreiben wird eingeschrieben, verstehst du, verstehste?« Er nahm einen zweiten Hieb und klärte mich über Amtsrichterbriefe mit Zustellurkunden auf. Und als er den dritten Schluck aus der Flasche sog, mischte Pauline sich ein: »Nicht mehr alt sechs Schluck, der siebente macht ihn eifersüchtig!«

Albert erläuterte mir, wie man Päckchen zustellt. Es

blitzte hart, und es donnerte lange. Pauline ging nach den Ziegen sehn. Der Gewitterregen setzte ein. Albert nahm zwei weitere Schlucke und überzeugte mich von den Schwierigkeiten beim Geldzustellen. Der Blitz schlug im Wald ein, und Albert nahm wieder zwei Schlucke.

Pauline kam durchnäßt herein. Albert trat ihr erregt entgegen. »Neben wem läßt du dich begraben?«

»Neben Otto.«

Albert wollte meinen Rat. »Ist sie die Seine oder die Meine?« Ich enthielt mich der Antwort.

»Neben wem läßt du dich begraben, wie?«

»Das Maul halt!«

Albert sah sich nach Hilfe um. »Hier wird ein Beamter hintergangen.« Pauline wurde es zuviel. Sie packte Albert beim Schlafhemd und zerrte ihn zum Bett, in die Kammer. Albert, mein Albert, ruderte hilflos mit den Händen, bis er hinter der Tür verschwand.

Eine Weile war's still. Ich lagerte mich auf der Ofenbank und hörte draußen den Regen gehn. Es blitzte schon sanfter, doch mit eins ging in der Kammer der Grabstreit weiter: »Neben wem läßt du dich begraben, hä?«

»Neben Otto, der Platz ist lange bezahlt!«

Es donnerte, und Albert mußte schreien, damit Pauline ihn hörte: »Acht Tage geb ich dir Zustellfrist, verstehst du, verstehste?« Die Antwort war ein Ohrfeigenhagel. Ich sprang hinzu und wollte die Streitenden trennen, »Mach du dich fort!« schrie Pauline mich an. »Ich habe dich gewarnt – der siebente Schnaps!«

Albert begann zu schnarchen. Pauline hielt ihm die Nase zu. Er schnappte nach Luft und brummelte: »Zustellurkunde.«

Das Gewitter zog ab. Leiser Wind tat sich auf. In den Fichten klagten die Rauhfußkäuze.

Saubohnen

Immer, wenn im Sommer die Saubohnen reif waren, luden die Bebels die Abels zum Saubohnenessen ein. Frau Bebel hatte eine kleine Hand, und so viel Saubohnen, wie diese kleine Hand halten konnte, wurden im Frühjahr im Gärtchen links vom kleinen Haus ausgesät.

Im Laufe des Frühlings und des Vorsommers wuchsen aus dieser Handvoll so viele Saubohnen heran, daß sie zu einer Abendmahlzeit reichten.

Man mußte sich über die Erde wundern, die es nicht leid wurde, Jahr um Jahr, fast auf der gleichen Stelle im Gärtchen, Saubohnen zu produzieren, aber sie wurde es nicht leid. Sie war verläßlich und arbeitete im Frühjahr los, sobald sie von Frau Bebel das Motiv in Form einiger Bohnensamen eingeimpft bekam. Sie produzierte ohne Zögern und ohne die Gewißheit, ob die Produktion gelingen würde, und ohne die Gewähr, ob die Wetter ihrem Vorhaben günstig sein würden, und ohne Ahnung, was mit ihrer Produktion zum Schluß geschehen würde.

In dem Jahr, von dem hier die Rede ist, war der Effekt, den die Früchte jenes Fleckchens Gartenerde auslösten, anzweifelbar.

Die Saubohnen waren gekocht und mit Gewürzen versehen, und sie aßen sie warm und streuten vor dem Essen gehackte Petersilie nach Ermessen über sie. Die Schalen mancher Bohnen waren beim Kochen geplatzt, und es quoll ein eiweißhaltiger Brei aus ihnen, der die nicht geplatzten Bohnen einhüllte, wie ein Pudding die Sultaninen einhüllt.

Die Sultaninen-Bohnen platzten zwischen den Zähnen der Esser und ergossen ihren Eiweißbrei unausgelaugt über die Geschmacksnerven in den Mündern, und die Esser schmeckten etwas von der Wildheit, aus der die Garten- und Feldfrüchte kommen, und das war das Interessante am Saubohnenessen.

Gleich nach den ersten Happen, die sie auf den Weg zu ihren Mägen brachten, begannen die vier Esser zu reden, weil das so üblich ist und zu den Gepflogenheiten gehört, wenn kultivierte Menschen gemeinsam ein Mahl einnehmen.

Die Abels, als Gäste, lobten das Bohnengericht, und die kleine Frau Bebel dankte mit niedergeschlagenen Augdeckeln und fing ihre Verlegenheit ab, indem sie von der diesjährigen Anzucht der Bohnen berichtete, die ihre Schwierigkeiten gehabt hätte; insbesondere wären jene schwarzen Läuse, von denen Holundertriebe und Saubohnen unausbleiblich befallen werden, dieses Jahr besonders zäh und sogar teilweise dem pulverisierten Insektengift gegenüber resistent gewesen.

Der lange Abel, mit der von Stoppelhaaren eingefaßten Glatze, bei dem die Saubohnen unter einem englisch geschnittenen Schnurrbart verschwanden, verlangte nach einem Wodka, und er erhielt ihn, und die anderen nahmen auch einen Wodka, nachdem das Thema einmal angeschnitten war. Sie hoben die kleinen Gläser, die aussehen wie die Hälften verschnittener Sanduhren. Die Esser sahen einander in die Augen, nickten und stießen auf das diesjährige Saubohnenessen an.

Dann waren sie satt und schickten den schweren Eiweißpillen von Saubohnen nach Bedürfnis Tee und Limonade nach, und das Essen hätte zu Ende sein müssen, wenn es unter Menschen mit *Anstand* nicht üblich und Sitte gewesen wäre, nach gehabter Mahlzeit, sich in Gesprächen zu ergehen. Leider veranschlagten sie nicht, daß bei solchen Nachmahlzeitgesprächen das soeben Gegessene schon mitspielte, denn man spricht im Deutschen nicht umsonst vom *Einverleiben.*

Die Oberdosis Eiweiß fing jedenfalls sofort an, sich in die Gespräche zu schleichen, und sie schien schon im Spiel zu sein, als Frau Abel von dem zu sprechen begann, was sie in letzter Zeit geschrieben hatte. Sie wüßte nicht, ob es ihr gelungen wäre oder nicht, und das mache sie unruhig und unzufrieden.

Es war, als hätten die Saubohnen im Magen des verschmitzten, manchmal undurchschaubaren Bebel nur auf dieses Bekenntnis der Frau Abel gewartet. Es wäre der Unterschied zwischen ihm und Frau Abel, sagte Bebel, daß er genau wüßte, ob das, was er in letzter Zeit geschrieben hätte, etwas tauge oder nicht, es tauge nämlich nichts.

Der lange Abel sagte nichts dazu. Auch er hatte in der letzten Zeit einiges geschrieben und war einigermaßen damit zufrieden. Er konnte sich nicht entschließen, dem Druck der Oberdosis Eiweiß in seinem Magen nachzugeben und den Erfolg seiner Arbeit anzuzweifeln. Er verlangte nach einem weiteren Wodka und erhielt ihn und trank ihn, ohne mit den anderen anzustoßen, ohne ihnen in die Augen zu sehn. Dabei kam er sich vor wie ein Mann, der beim Seufzen von Armen an sein heimliches Bankkonto denkt, und er mußte Kraft aufwenden, daß die Saubohnen in seinem Magen ihn nicht doch noch im letzten Augenblick bestimmten, mit Ekel auf seine Selbstzufriedenheit niederzusehen.

Die Unterhaltung eskaladierte in der begonnenen Richtung. Bebel fand heraus, und die genossenen Saubohnen halfen dabei nicht schlecht, daß schon so vieles, wer weiß, ob nicht alles, geschrieben worden wäre und daß man zu leicht auf Vorbilder verfiele, von denen man sich schwer, ach, so schwer lösen könnte, und Frau Abel, deren spöttisches Lächeln sonst berüchtigt war, nickte Bebel ermunternd zu. Sie kamen sich so einig vor, obwohl es nur die gehabten Saubohnen waren, die da miteinander korrespondierten.

Die kleine Frau Bebel, die körperlich und in ihren Gebärden einem frühreifen Schulmädchen glich, steuerte dem Einfluß der Saubohnenmahlzeit mit Wodka. Sie trank in den Gesprächspausen ein Gläschen und wieder einmal ein Gläschen und schien darauf zu warten, was die Bohnen bei ihrem Manne noch an Resignation zutage fördern würden.

Der schnurrbärtige Abel versuchte den Einfluß der Bohnenmahlzeit niederzuhalten, indem er ein Glas Limonade nach dem anderen trank und das Eiweißkonzentrat damit verdünnte. Er redete wenig und sah die ganze Zeit forschend, aber so, daß sie es nicht bemerkten, zu Bebel und zu seiner eigenen Frau hinüber und dachte: Jeder Mensch ist eine unwiederholbare Einmaligkeit, und es muß ihm gelingen, einen Punkt zu finden, seinen Punkt, von dem aus er zeigt, wie er die Welt sieht, wie nur er sie sehen kann. Es gehört Mut dazu, dachte er auch, eine Menge Mut, auf diesem Punkt, trotz aller sich anbietenden Vorbilder, zu verharren, auf diesem Aussichtspunkt.

Frau Bebel trank wieder ein Gläschen, und ihre Augen begannen zu glitzern. Bebel, ihr Mann, redete ganz gegen seine Gewohnheit von der Landschaft und den unübersteigbaren Bergen in seinem Innern. Er behauptete jetzt, es sei fraglich, sehr fraglich, ob etwas, was man aus eigener Sicht geschrieben habe, auch gedruckt werden würde.

Damit hatte er es geschafft, auch den stoppelhaarigen Abel unter den Einfluß der genossenen Saubohnenmahlzeit zu bringen, denn Abel wußte aus Erfahrung, daß jemand, der etwas getreu aus der Sicht seiner Einmaligkeit geschrieben hatte, nachher kämpfen und Langmut aufbringen mußte, um sein Geschriebenes gegen das Gewohnheitsdenken und Gewohnheitssehen durchzusetzen. Dieser Kampf erschien Abel jetzt unter dem Einfluß der Eiweißüberdosis so schwer, daß er zu bezweifeln begann, ob er ihn ein drittes und viertes Mal würde liefern können, und er schrie, oder waren es die Bohnen in ihm: »Ja, so hängen wir uns doch auf!« Und er wiederholte den Satz, aber diesmal schon als Frage: »Ja, weshalb hängen wir uns da nicht auf?«

Erstarrung, Schweigen, vielleicht sogar Ernüchterung. Nur die Augen der kleinen Frau Bebel, sie blitzten jetzt, blitzten unmißverständlich ihren Mann an, und es war unverkennbar, daß sie sich ihn ins Bett wünschte, und es war zu ahnen, daß sie ihn und seine Resignation dort besiegen würde, die kleine Frau Bebel, die körperlich und in ihren Gebärden einem frühreifen Schulmädchen glich, bei der der Effekt aber, den die Früchte eines Fleckchens Gartenerde in diesem Jahr auslösten, nicht so anzweifelbar war wie bei den anderen.

Schildläuse

Als noch Schildläuse genug vorhanden waren, ließ sich die Ehe des Professors immer wieder reparieren.

Der kleine Professor war reinlich und vermochte seine Nüstern zu blähen wie ein erregtes Shetlandpferd. Er war mit einer Arbeit über den sozialen Gehalt der Verba dicendi in zeitgenössischen Romanen beschäftigt.

Seine brünette Frau, ein Wesen mit Gazellenbeinen und durchschnittlichen Bedürfnissen, war nicht in der Lage zu ermessen, was ihren Mann an den Verba dicendi reizte. Sie sammelte Bekanntschaften, Bekanntschaften von Leuten, deren Namen in Tageszeitungen genannt wurden, wie Schauspieler, Dichter, Leistungssportler und Aktivisten, die zum Auslösen ökonomischer Kampagnen herausgesucht worden waren.

Sie war ungehalten, wenn der Professor, der stets in eine Arbeit vertieft war, mit der er der modernen Literatur Impulse zu vermitteln meinte, die Empfänge versäumte, zu denen es Einladungen ins Haus regnete: Empfang bei der Bulgarischen Botschaft zu Ehren von Cyrill und Method; Empfang des Kulturministeriums zu Ehren des Shakespearejahres; Galaball der Neuerer und Knobler; Empfang der Akademie zu Ehren Holot Kul Axandas, des Verfassers des berühmten Werkes über die Eingeborenenlyrik im vierzehnten Jahrhundert, und so weiter.

Es konnte sein, daß dem Professor, der schon im weißen Perlonhemd mit der vorgeschriebenen hellgrauen

Krawatte steckte, statt der Manschettenknöpfe ein paar Verba dicendi in die Hände fielen, die in seinem Werk noch keine Ausdeutung gefunden hatten. Dann wurde nichts mit der Teilnahme am Empfang zu Ehren Marcel Marceaus in der Akademie. Dann gab es Kräche, weil man es trotz allen Fortschritts noch nicht so weit gebracht hatte, daß eine meritenlose Ehefrau ohne lästiges Anhängsel in Gestalt eines Professors auf einem Empfang, den die Akademie gab, erscheinen konnte.

Nach den Auseinandersetzungen, die der Professor zuweilen in Unterhosen (weil er schon beim Umkleiden gewesen war) mit seiner Frau führte, war er stets erregt, und Erregung hielt er für Gift für alle Arten schöpferischer Tätigkeit.

Der Professor fing seine Erregung mit Schildläusen ab, die er von den Blumenstöcken im Fenster seines Arbeitszimmers absammelte. Er suchte in den Blattachseln der Zimmerblumen, und wenn er eines dieser Schmarotzerinsekten, eingewoben in einen weißen Kokon, fand, mußte sich seine Hand mit der Pinzette notgedrungen beruhigen, um das Flöckchen vom Blumenstengel heben zu können.

Sodann übergab er die eingesponnene Schildlaus mit Hilfe der Pinzette an Daumen und Zeigefinger seiner linken Hand. Sobald er spürte, daß er dort aus der vollgesoffenen Laus einen rötlichen Brei verfertigt hatte, stellte sich das Gefühl bei ihm ein, die Pflanzenwelt von einem Schmarotzer befreit zu haben, und das förderte seine Ruhe.

Wenn der Professor eine genügende Anzahl von Schildläusen zwischen Daumen und Zeigefinger zerquetscht hatte, dachte er nicht mehr an seine Frau, die grollend in ihrem Zimmer saß, und er machte sich daran, die Verba dicendi, die ihm beim Suchen der Manschettenknöpfe unterkommen waren, aufzuarbeiten.

Aber dann las der Professor in einer Wochenzeitschrift, in der Spalte *Die Feinde deiner Fensterblumen,* daß man Zimmerpflanzen des öfteren mit Wasser besprühen müsse, um die Schildläuse von ihnen fernzuhalten. Der Professor tat es. Er hätte es nicht tun sollen; die Schildläuse zogen sich zurück.

Es war nach dem Empfang für einen achtzigjährigen Komponisten, der seinen Gastgebern in der Akademie seine neunundzwanzigjährige Frau vorführte. Er war ein gefeierter Komponist, berühmt in ganz Europa, und es fiel eine Menge Abglanz auf seine neunundzwanzigjährige Frau.

Die Frau des Professors glaubte Möglichkeiten zu erkennen, sich berühmt zu heiraten, aber dazu mußte sie frei und nicht mit einem Professor der Philologie verheiratet sein, dessen Werke nicht einmal von denen, die sie angingen, den Dichtern und Schriftstellern, wahr- und ernst genommen wurden.

Forthin ließ es die Frau Professor nicht an Andeutungen fehlen, daß sie ihre Jugend einem Mann weihe, der es nimmermehr zur Berühmtheit bringen würde; und eines Tages gab sie zu verstehen, daß sie willens wäre, sich von ihrem langweiligen Manne zu trennen.

Das erregte den Professor, das erregte ihn sehr und machte ihn unfähig, bei seiner Arbeit über den *kollektiven Helden* im zeitgenössischen Roman sitzen zu bleiben. Aber da waren keine Schildläuse mehr, die er zerdrücken konnte, um sich zu beruhigen. Andererseits ließ die Frau nicht nach, auf ihn einzureden und sich über ihn, den reizlosen Philologen, zu beklagen.

Der Professor, der jahrelang hingenommen hatte, von seiner Frau unverstanden zu sein, fühlte jetzt, wie die Frau an seiner Würde zerrte. Er wurde immer erregter und dachte schon nicht mehr daran, daß er sein Beruhigungsmittel, die Schildläuse, mit Wassersprühgüssen vertrieben hatte. Und er ging auf seine Frau los und preßte ihr die Oberarme. »Hast du nicht alles, was du brauchst?«

»Nein!« schrie die Frau. »Eine Niete habe ich!«

Der Professor merkte nicht, wie sich seine Hände zum Hals der Frau hochtasteten und wie er ihr den Hals zu drücken und zu quetschen begann. Und die Frau stieß ihn vor die Brust, stieß ihn von sich und schrie um Hilfe, schrie beim geöffneten Fenster, bis Leute von der Straße kamen.

Am Abend bat der Professor seine Frau um Verzeihung, doch es war keine zu erlangen.

Und die Frau ließ sich vom Professor scheiden. Es ging alles sehr leicht, und dem Professor wurde die Scheidung sehr teuer, weil er doch ein gewalttätiger Mensch war und man es einer Frau nicht zumuten konnte, weiterhin in seiner Nähe zu leben.

Aber, als noch Schildläuse vorhanden waren, ließ sich die Ehe des Professors immer wieder reparieren.

Zwei Männer auf einem Wagen

Der Wandel besteht, der Handel vergeht, und als der Pferdehandel nicht mehr lohnte, kaufte der versessene Pferdehändler Hartkien für das erübrigte Geld eine Obstplantage. Die Arbeit unter den Obstbäumen ging an, aber wenn die zwei Zentner Hartkien den reifen Kirschen zustrebten, krachten Leitersprossen und Äste, und er überließ das Obstpflücken seiner leichteren Frau.

Hartkiens Sache waren zwei, drei Pferde, die er sonntags aus alter Neigung verfeilschte, um neue zu kaufen. Wenn er den Duft eines Pferdes erschnupperte, mußte er hinterher, mußte das Pferd sehn und seinen Besitzer zum Verkauf oder zum Tausch überreden.

Schöne Pferde gingen durch Hartkiens Hände: rotgemaserte Belgier mit kleinen Hügeln von Hinterteilen, Traber mit trockenen Beinen; Renner mit Funken in den Hufen, waschpulverweiße Schimmel mit blauer Apfelung und Vollblutstuten mit gleitendem Gazellengang und den Blicken arabischer Frauen.

Hartkien war mit seinem Leben unter den Obstbäumen zufrieden, doch das Leben nahm keine Rücksicht auf die Zufriedenheit eines unverbesserlichen Pferdehändlers, es mußte weiter, weiter – unbekannten Zielen zu.

Im Herbst starb Hartkiens Frau, seine billigste Gartenarbeiterin, und er blieb allein zu aller Arbeit, verkaufte zwei Pferde und bot seinen Kindern die Plantage an.

Einer seiner Söhne war Lehrer, der andere Ingenieur,

die Töchter lebten mit ihren Männern in der Stadt. Alle wehrten ab: Sie wollten nicht wie die Urmenschen auf Bäumen umherklettern.

Hartkien schloß sich der Gärtnergenossenschaft an. In seinem Stall stand noch ein Pferd, eine Ponystute, die er behalten hatte, weil sie ihm im Laufe der Jahre fünf Fohlen gebracht hatte. Das Pony, eine Schimmelstute, konnte unter Hartkiens ausgestrecktem Arm hindurchlaufen, größer war sie nicht, und sie hatte einen kurzen, zackelnden Schritt. In der Genossenschaft gab's keine Verwendung für das Pferd. Hartkiens Pferdeliebe begann unrentabel zu werden.

Vorbei, vorbei – die schönen Pferdezeiten! Aus mit Kettenklirren und Pferdescharren im Stall! Hartkien verfaßte seufzend ein Inserat für die Kleingärtnerzeitung. Der Text versprach allen Interessenten ein Elitepony.

Ein Sonntagmorgen, ein Morgen im Mai. Hinter Hartkiens Haus wetteiferten Blüten und Düfte, und das Gesumm der sechsbeinigen Stempelbestäuber übertönte den Zehnuhrglockenschlag vom Kirchturm. Ein dürrer Mann, dem zwanzig Zentimeter zu zwei Metern fehlten, betrat Hartkiens Hof. Der Mann hieß Haubenreißer, kam aus dem Mecklenburgischen und schien jener Sekte von Menschen zuzugehören, die sich beim Essen nicht setzen. Bevor er was sagte, wetzte er die Oberlippe, als müßte er die Worte auf einer Pikkolo-Mundharmonika herunterspielen. Er grüßte verhalten, sprach vom Wetter, von Zugverspätungen und sah sich im Vorgarten um. »Stand hier nicht ein Pferd in der Zeitung?« – Ja, hier stand ein Pferd in der Zeitung. Hartkien wurde eifrig und log, Haubenreißer wäre der zehnte Reflektant. Er wollte den Fremden zum Stall führen, doch der Fremde wetzte die Oberlippe: Er wollte das Pferd im Wagen sehen.

Während Hartkien im Stalle die Stute aufschirrte, bespuckte der Fremde den Hof, und während Hartkien den Schimmel einspannte, betrachtete Haubenreißer den brandenburgischen Himmel.

Hartkien legte ein Brett quer über den Wagenkasten, bedeckte es mit einem Sack und lud den Fremden zum Aufsitzen ein. Haubenreißer setzte sich und sah vom Käuferthron zum ersten Male das Pferd an. Das also sollte die Stute sein, diese gemästete weiße Maus? Viel zu massig, das Ding, am Hals zu massig, in den Hosen zu massig, zu fett in der Brust und am Rücken – überall nutzloses Winterfett.

Vom Stutenrücken stieg Ammoniakgas auf und mischte sich mit Kirschblütenduft. Haubenreißer sperrte den Mund auf und nieste, und Hartkien fuhr im Arbeitstrab an. Der Wagen polterte durch ausgetrocknete Pfützen, und Hartkiens Genick zitterte im Rockkragen. Im Blumentopf seiner Faust steckte der gelbe Peitschenstengel und bog sich im Fahrtwind. Der pendelnde Peitschenriemen bedrohte das Pferd, und die Strangketten klirrten.

Nach fünfzig Metern mäßigte die Stute die Gangart und fiel in einen zockelnden Trab. Sie war zu fett, und Fett macht träg, und Hartkien redete die Trägheit zur Tugend herauf: Bei Ponys käm's auf den Zockeltrab an. Eine Perle von Pony. Unbezahlbar das Pferd!

Haubenreißer starrte die Stute mit Blicken aus der gefiederten Reihe seiner Vorfahren, mit Habichtsblicken, an. Der zockelnde Trab gefiel ihm nicht, er wünschte das Pferd im Schritt gehn zu sehn, aber Hartkien wollte und wollt nicht verstehn. Da griff Haubenreißer selber in die Zügel, entwand Hartkien die Peitsche und warf sie in den Wagenkasten.

Jetzt ging die Stute im Schritt, und Haubenreißer verglich ihn mit dem einer Schimmelstute, die er daheim im Stall stehen hatte. Der Schritt war um zwanzig Zentimeter zu kurz.

Hartkien zerrte an seinem Hosenbund und wünschte sich Blicke, schärfer als Peitschenschläge, um das Pferd mit ihnen anzutreiben.

Die Zeit verrann, und es fielen Kirschblütenblätter in den Wagenkasten. Der Fremde schwieg, der Schritt der Stute wurde ohne Peitschenhilfe immer kürzer, und Hartkien versuchte den Käufer auf andere Weise abzulenken, exakt ausgedrückt, mit Suggestion: Erst müßte die Stute sich lösen, sagte er, und wer was von Pferden verstünde, der wisse das!

Der Fremde schwieg weiter, schwieg bis in die nervöse Oberlippe hinein, und Sonnenstrahlen züngelten durchs Laub, und an den Kirschbäumen sprangen neue Knospen auf, aber für die Pferdehändler hätten statt der Blütenbäume beschneite Rutenbesen in der Feldmark stehen dürfen.

Hartkien ließ die Lederleine auf den fetten Rücken der Stute klatschen, um sie damit anzutreiben, und er sah den Fremden dabei von der Seite an, und der Fremde steckte sich eine Zwanziger-Zigarre an, und er lächelte fein und fragte: »Hat sie sich immer noch nicht gelöst?«

Hartkien spürte den Spott, doch er ließ ihn an seinen fleischigen Ohrlappen abrinnen, und er war sich fast sicher, daß er es mit einem Pferdemann zu tun hatte, aber er wollte es genau wissen und versuchte es mit einer neuen Flunkerei: Die Stute wäre rossig, sie buckele, zöge sich zusammen, sagte er, und wer was von Pferden verstünde, müsse das selber sehen!

Ein gesprenkelter Star strämmte seinen schillernden Kehlsack und pfiff, und der Wagen zerfuhr zwei Weinbergschnecken, und der Fremde schwieg. Er arbeitete an seiner Zukunft: Er sah sich mit einem weißen Zylinderhut auf dem Bock einer weißen Hochzeitskutsche sitzen. Die Kutsche besaß er noch nicht, aber sie würde schon kommen, wenn er diesen Schimmel hier als Zweitpferd und Passer sein eigen nennen würde. Er würde in seinem Heimatstädtchen Osterberg hochfeine Berliner Moden einführen: Haubenreißer mit zwei Schimmeln fährt dich in den Ehehimmel. Haubenreißer wird die Leute, die was von Vornehmheit verstehen, zur Trauung fahren, als wären sie holländische Königskinder. An die Peitsche wird er eine weiße, raschelnde Schleife binden, und die Schleife wird die Stute scheuchen. Wenn die Stute trotz der Schleife nicht traben sollte, wird er sie mit Gewinn verkaufen; denn sie ist gut in Futter und macht etwas her; es kommt nur drauf an, daß er sie billig zu kaufen kriegt, und das will er.

Weiße Wolken marschierten im Blau, und die Sonne posaunte, und Haubenreißer ließ Hartkien halten. Er stieg vom Wagen, war steif in den Gliedern, sah der Stute ins rosige Maul, hob den zerzausten Stutenschwanz an, bückte sich und schien wie durch ein Fernrohr durch die Stute hindurchzusehen und fragte: »Wo ist die rossig?« und stieg wieder auf.

Da wußte Hartkien, daß er es mit einem *Ausgewalkten* zu tun hatte, bereitete sich auf ein Duell vor und erhöhte den Stutenpreis in Gedanken um zweihundert Mark. Er duzte den Fremden jetzt zunftgebräuchlich: »Hör mal her!« und »Ganz unter Brüdern«, und er verlangte dreitausend Mark.

Haubenreißer saß fakirstarr, sah in die Ferne, lauschte, ob noch was kommen würde, doch als Hartkien nichts mehr sagte, steckte er seinen Zeigefinger ins Ohr. »Hab ich dreitausend gehört?«

Die Lerchen trillerten, die Kirchenuhr schlug, und ein Bach kreuzte den Weg. Hartkien hielt auf der Brücke an und sagte, er würde ins Wasser springen, wenn ihn die Stute nicht selber dreitausend Mark gekostet hätte, und er gäbe sie nur zum Selbstkostenpreis ab, weil er auch die Gärtnerei habe weggeben müssen, aber er sprang nicht ins Wasser.

Ein hockender Dicker und ein steiler Dürrer spiegelten sich im zitternden Bachwasser, und das Wasser floß, und das Spiegelbild stand. Zwei der letzten Landpferdehändler auf einem Wagen und ein Stütchen, das sie im trägen Schritt mit sich fortzog. Ein Hecht schnellte aus dem Wasser und tauchte wieder. Die Pferdehändler sahen ihn nicht, und sie hätten ihn auch nicht gesehen, wenn er ein Seehund gewesen wäre.

Hinter der Brücke begann eine Straße aus runden Pflastersteinen. Die Männer wurden geschüttelt, und auch der Stutenpreis schüttelte sich zusammen. Er betrug jetzt zweitausend Mark. Hartkien sagte es seufzend, und er gäbe die Stute unter Selbstkostenpreis ab, weil er wüßte, daß sie es bei dem Fremden gut haben würde. Er hielt Haubenreißer die Hand zum Einschlagen hin, aber Haubenreißer sah auf die fleischige Hand und sagte, in so eine Wuchererhand würde er am liebsten hineinspucken.

Hartkien hörte nicht drauf, was der Dürre sagte; er hatte mit dessen Einverständnis noch nicht gerechnet. Er sah sich sonntags daheim in der Stube vor einem Fernsehgerät sitzen: Fuchsjagd im Fernsehn, Reiten im Fernsehn, Turnier- und Dressurreiten – Hartkien würd's mit den Augen betreiben, wenn er kein Pferd mehr hätte, aber der Fernsehapparat war noch nicht da, den wollte er an der Stute verdienen, aber der Handel ging zu langsam vorwärts. Nie hatte es ihn so viel Zeit gekostet, ein Pferd zu verschachern.

Er wurde wehmütig, wenn er an die Zeit dachte. Was kam, wenn seine Zeit verbraucht sein würde? Die Ewigkeit? Hartkien stellte sie sich wie einen großen Kessel vor, aus dem sich der Mensch eine Kelle voll Zeit schöpfte, bevor er auf die Erdenreise ging. Die Frage war für Hartkien, ob ihm je wieder erlaubt werden würde, aus diesem Kessel zu schöpfen. Was war ihm, dem alten Pferdehändler, eingefallen, als er sich verleiten ließ, sich mit diesem ausgepichten Käufer auf einen Wagen zu setzen, um ihn spazierenzufahren? Weshalb handelte er nicht daheim auf dem Hofe, zu ebener Erde? Da konnte man den Käufer, wenn einem nicht paßte, was er bot, stehenlassen und um die Ecke gehn, um von dort aus zu schielen, was der für ein Gesicht machen würde.

Rechts und links der Straße waren tiefe Gräben. Es stand kein Wasser in ihnen, und das Gras an ihren Rändern war weich, und der Maiwind strich drüber hin, und das Gras zitterte. Unter den Rädern waren immer noch Steine, graue, blaue und gesprenkelte Steine, und Hartkien schien's, als ob sie immer buckeliger würden, und die buckeligen Steine brachten ihn auf einen Einfall: Er rieb sich den Bauch, er beschimpfte die holperige Urahnenstraße, und er sagte, sein Herz hielte das nicht aus. Er rieb sich die Brust, und er hielt das Pferd an und tat, als ob ihm schlecht würde. Er beugte sich vor und ließ sich geduckt vom Wagen gleiten, aber in diesem Augenblick zog die Stute an und zerrte zum Grabengras hin. Die Gesetze der Physik griffen ein, und die zwei Zentner Hartkien gerieten in Schwung, der Graben lag lauernd am Wege, und Hartkien überschlug sich zweimal. Er kam in ein Kleefeld zu liegen, und die Zitronenfalter fluckten beleidigt davon, und Hartkien verdrehte die Augen, als sähe er die Hölle. Aber selbst der Anblick der Hölle machte den eingefleischten Händler nicht vergessen, worum es ging: »Tausendneunhundert!« stöhnte er.

Haubenreißer, der mit der Hochzeitskutsche unterwegs gewesen war, als Hartkien vom Wagen rollte, brachte das Pferd zum Stehen, sprang in den Graben. Er riß dem Dicken die Weste auf, daß die Perlmuttknöpfe in den Klee sprangen, und massierte ihm die Brust. Hartkien schloß die Augen und ächzte: »Tausendachthundert, weil du es bist!«

Haubenreißer massierte und sagte: »Tausenddreihundert und keinen Pfennig!«

Hartkien wurde es schwarz vor den Augen, aber er war gleich wieder da und rechnete: Tausenddreihundert – da würde sein Profit an der Stute nur für ein altes Fernsehgerät reichen. »Gauner!« schrie er, und Haubenreißer hörte beleidigt auf zu massieren. Jetzt wurde es ganz dunkel um Hartkien. Er riß die Augen auf, und es blieb dunkel. Angst packte ihn: Die Ewigkeit war kein Kessel, sie war ein Loch. Er mußte viel Kraft dransetzen, nicht in dieses Loch zu stürzen, bis ihm, Gott sei Dank, der Handel einfiel. Er mußte handeln, das war es, und er schrie: »Tausendfünfhundert!« und spuckte aus. Er spuckte die Angst aus, doch die Angst vermehrte sich in ihm. Nahm der Tod übel, daß er ihn hatte für ein Spielchen mißbrauchen wollen, um den Handel zu fördern? Hartkien streckte Haubenreißer die Hand hin, er fühlte sich so allein in der Finsternis.

Haubenreißer wollte die Hand nicht ergreifen. »Lieg still!« Aber dann sah Haubenreißer, wie die Hand zitterte und nach einem Widerdruck gierte, und er ergriff sie. Die Hand war kalt, und es war Schweiß auf ihrem Rücken, und Haubenreißer bekam Furcht und rannte um Hilfe ins Dorf. Er polterte über die Bachbrücke, und das Wasser bekam keine Zeit, den rennenden Pferdehändler zu spiegeln, aber als Haubenreißer die Brücke hinter sich hatte, hörte er's gräßlich verzerrt wie aus dem Jenseits rufen: »Tausendfünfhundert – Handschlag – gekauft!«

Haubenreißer war wütend, daß er beim Pferdehandel noch etwas hatte lernen müssen. Er pflasterte den Rückweg mit Flüchen, und als er sich Hartkien näherte, beschimpfte er ihn mit Wörtern, die in keinem Lexikon stehen.

Hartkien rührte sich nicht, und Haubenreißer setzte sich auf den Wagen. Die Stute scharrte, es summte im Klee, und die Zeit verging.

Haubenreißer hatte genug von dem Schauspiel. »Mach deine Faxen, mit wem du willst!« Er griff in die Zügel. Die Stute zog an und war flink wie den ganzen Morgen nicht. In der Ferne wieherte ein Pferd. Die Stute wieherte zurück. Kein Muskel zuckte in Hartkiens Gesicht. Haubenreißer wurde unsicher, hielt an und pflückte eine Honiggrasrispe. Er hielt Hartkien die Rispe unter die Nase. Kein Knötchen bewegte sich. Haubenreißer war's, als führe ein eisiger Wind durchs Gras, aber es war nur das Summen der Bienen im Klee. Er nahm seinen Hut ab. Sein Haar schimmerte silbergrau in der Sonne. Bevor er nach der Sitte den Kopf senkte, sah er sich um. Es war niemand in der Nähe, auf den die Ehrerbietung vor dem Tode hätte Eindruck machen können. Er warf den Hut auf die Erde und trampelte drauf.

Am Begräbnistage ging Haubenreißer, einigermaßen gebeugt, hinter dem Sarg her. Von Zeit zu Zeit verwandelte sich der schwarze Leichenwagen für ihn in eine weiße Hochzeitskutsche. Er mußte achtgeben, daß er sich nicht straffte und den Kopf stolz hob, als ob er bereits auf dem Kutschbock säße und unsichtbare Kinder zum Standesamt führe. Erst als der Grabhügel aufgeworfen wurde, war er sich seiner Stute sicher.

Er mischte sich unter die Erben. Die Kinder befragten ihn, wie es mit dem Vater zu Ende gegangen wäre. Haubenreißer gab zögernd Auskunft: Ein Ehrenmann wäre der Vater gewesen, ein Mann, der zu seinem Wort gestanden habe.

Die Kinder nickten nicht, wie es sich gehört hätte, doch sie schüttelten auch nicht die Köpfe. Der älteste Sohn, der Lehrer, fragte, so, als ob er es aufschreiben wollte: »Bitte genauer! Sein letztes Wort?«

Haubenreißer, gekrümmt vor Trauer: »Sein letztes Wort galt der Stute – leider.«

»Ach ja, die Stute, freilich, die Stute!« Die Kinder nickten einander beziehungsvoll zu. »Die Stute – was war da sein letzter Wille?«

Haubenreißer wand und wand sich, sagte, als ob es ihm peinlich wäre: »Eintausend Mark – war sein letztes Wort.«

Die Stute war das einzige Weiß zwischen den schwarzverkleideten Menschen, als Haubenreißer sie zum Tor hinausführte, und die Trauergäste sahen ihr nach, bis ihr Schweif wie eine Fahne, die jemand einzieht, zwischen den Bäumen verschwand.

In einer alten Stadt

Es war im Sommer, es war ein Sonntag, ein Morgen und ein zeitiger Morgen dazu, als sie in der alten Stadt ankamen. Auf dem schmalen Parkplatz, der vor Zeiten ein Taubenmarkt gewesen war, standen einige Autos. Ihr Lack war mit einer samtenen Tauschicht überzogen, so daß sie aussahen wie Äpfel oder Pflaumen, die dem Himmel die ganze Nacht gegenübergehangen hatten.

Der Mann, der schon einen Bauchansatz hatte, packte seinen kleinen Wagen unter der Schnauze, hob ihn vorn aus und stellte ihn, wie er ihn brauchte, um mit einer Vorwärtsfahrt in eine Parklücke gelangen zu können. Ja, er hob den Wagen aus, obwohl seine Frau drin saß und ihm ängstlich, aber auch bewundernd dabei zusah. Er wollte sich was beweisen, und das schien ihm geglückt zu sein, wie er sah. Er fühlte sich frisch und zu vielem fähig; es war morgens, und die Sonne war noch nicht in der Stadt, er hatte noch alle Kräfte zusammen.

Er war ihr erster Mann, und sie war seine dritte Frau. Seine Freunde und ihre Freundinnen hatten von der Ehe abgeraten. Es lag ein Altersunterschied von fünfundzwanzig Jahren zwischen ihnen. Was ihn anbetraf, so fühlte er sich in der Lage, diesen Altersunterschied jederzeit zu verwischen. Es war nicht so, daß er mühsam in seine gewesene Jugend zurücksteigen mußte. Er brauchte nur zu sein, wie er war, wenn man von einigen Albernheiten absah, auf die er sich einließ, um von ihr zu hören, daß er ein Junge, eigentlich noch ein großer Junge wäre.

Sie waren nicht auf der Hochzeitsreise. Solche Bürgergeleise befuhren sie nicht. Sie kamen von der Arbeit, er, der Journalist, und sie, die Fotografin. Sie gönnten sich auf der Rückfahrt von einer Reportage diesen Sonntag und schlenderten ohne Kamera und Bleistift in der Stadt umher, einmal ohne denken zu müssen, wie sich das, was sie sahen, aktuell würde unterbringen lassen.

Es lag eine Dunsthaut über den Dächern der alten Stadt, fein wie die Haut von Rädertierchen unter dem Mikroskop. Sie waren allein in den Straßen, nicht einmal die Holer von Milch für die Säuglinge, die hinter den Fenstern der alten Häuser noch schlafen mochten, waren unterwegs. Alles, was sie von anderen Menschen sahen, war ein alter Mann, dem der Sommernachtdunst in seiner Kammer das Bett verleidet haben mochte. Der Spazierstock des Alten klirrte über den schmalen Bürgersteig einer Gasse, und er sah sich ärgerlich nach dem alten Haus um, das er verlassen hatte. Und der Ärger wich auch nicht aus seinem Gesicht, als er die beiden Fremden betrachtete, sondern mischte sich mit Neid auf diesen Fünfzigjährigen, der zu so früher Stunde hierhergelaufen kam, um seiner Tochter die alten Häuser, den Dom und all die Zeugnisse vergangener Zeiten zu zeigen.

Der Alte verlor sich schließlich in den Gassen wie ein abgebranntes Streichholz, das man in einen Strauch wirft. Der Reporter und die Fotografin befanden sich wieder allein in der alten Stadt, und die Gassen, die Straßen und der Marktplatz mit seinem alten Brunnen standen ihnen zur Verfügung. »In welchem Stück treten wir eigentlich auf?« fragte die Fotografin, und es war wirklich so, als ob sie auf einer Bühne zwischen Dekorationen für ein Stück aus dem Mittelalter stünden.

Ihm gefiel dieser Gedanke: Das Leben – ein Drama, und man bekam eine Rolle darin zugewiesen, wenn man ein kleines Talent war, oder man war ein großes Talent und übernahm eine Hauptrolle, schien von vornherein für sie bestimmt.

Er löste sich erst aus dem philosophischen Gestrüpp, als sie ihn fragte: »Ist dir was?«

Aber wo! Er schob seinen Arm unter den ihren, und sie konnten stehn, solange sie wollten, und mit zurückgelegten Köpfen die Häuser betrachten, deren Dächer sanft anstiegen und da lagen wie Felder an Hügeln, aus denen wie kleine Hütten die Dachgaupen ragten. Sie wurden auch nicht gestört oder angerempelt, wenn sie die Marmortäfelchen über den Türen der alten Häuser bis zum letzten Goldpunkt lasen: »In diesem Hause nächtigte Doktor Martin Luther auf seiner Fahrt zum Reichstage nach Worms.«

Sie gingen um die große Stadtkirche Sankt Petri herum, und sie spürten den Wind, den sich hohe Gebäude mitten in einer Stadt herstellen, als zögen sie sich mit ihren Türmen ihr eigenes Klima heran. Der Journalist dachte daran, daß Rodin, der französische Bildhauer, vom *Wind der Cathedralen* gesprochen hatte, und bedauerte, daß er diesen Wind nicht selber entdeckt hatte und daß er den Vorgang nur erlebt hatte, um ihn zu bestätigen. Auf einmal wußte er wieder, wie wichtig es war, eigene Entdeckungen zu machen, und wie solche Entdeckungen mit dem zusammenhingen, was man Persönlichkeit nannte. Bis nun hatte er sich immer damit getröstet, daß er solche Entdeckungen machen würde, wenn er viel gesehen haben würde und reif genug wäre. Aber jetzt war er fünfzig Jahre alt.

Er verspürte das Bedürfnis, sich auf eine Bank unter den Linden vor dem Dom zu setzen, und er tat es.

Die Fotografin, die stets ein wenig lächelte, als feiere

sie Wiedersehen mit allen Dingen und Menschen, die ihr begegneten, ging noch umher und konnte es nicht lassen, nach Motiven zu suchen, die man bislang auf Illustriertenfotos und Postkarten noch nicht hatte sehen können. Und sie las überdies alle Tafeln und Täfelchen ringsum am Kirchengemäuer.

Die Winterlinden blühten noch, und als die Frau sich endlich zu ihrem Mann auf die Bank gesetzt hatte, fragte sie: »Hörst du es?« In ihrem sonnverbrannten Gesicht spiegelte sich Entdeckerfreude. »So hör doch!« Sie wies mit dem Zeigefinger in die Baumkronen, und da sah auch er dorthin, aber er hörte nichts, und das machte ihn stutzen, doch er zeigte es nicht, er überspielte es, denn er hatte seine Erfahrungen, und sagte ein bißchen wie gelangweilt: »Bienen«. Aber die Wahrheit war, daß er sie nicht hörte, und das begann ihn unruhig zu machen, aber er zeigte es nicht.

Sie war froh, daß sie von ihm erklärt bekommen hatte, was sie noch nie gehört hatte: Bienen in Bäumen – es hörte sich an, als ob hinter den Kirchenmauern die Orgel gespielt würde. Sie drückte ihm die Hand, und auch diese unverdiente Liebkosung beunruhigte ihn, und er beeilte sich, vom Lindenduft, viel zu eindringlich vom Lindenduft zu reden, und ob sie ihn spüre, den Duft der Winterlinden, der ihn an die schattige Allee erinnere, immer an die Allee, die früher aus dem Dorf seiner Kindheit hinausgeführt hätte. Und er fühlte sich nicht mehr müde, kein bißchen mehr; er erhob sich jedenfalls, klatschte in die Hände und sagte: »Ja, haben Sie denn vor, hier sitzen zu bleiben und Imkerin zu werden, Verehrte?«

Sie sprang auf und umarmte ihn. Sie waren albern miteinander nach der Kunst, und die Frühaufsteherinnen in den Häusern am Kirchplatz hatten beim Bettenaufschütteln ihren lüsternen Spaß oder ihr moralisches Gruseln. »Nein, dieser alte Kerl mit dem jungen Ding!«

In der alten Stadt war es lebendiger geworden, und sie wurden beim Betrachten der alten Gebäude und Gemäuer selber zu einer Sehenswürdigkeit für andere.

Um neun bestiegen sie den Turm von Sankt Petri. Es war ein hoher Turm, und der Journalist bewies sich beim Ersteigen der Wendeltreppe wieder, daß er der war, der er bei seiner jungen Frau sein mußte. Es gab dunkle Nischen, die zu durchsteigen sie sich fürchtete, und sie klammerte sich an ihn. Sie sorgte unbewußt dafür, daß er zu Atempausen kam, die er für sein Herz und seine Lungen benötigte, obwohl sie schmollte, wenn er sie in diesen Augenblicken, da sie sich furchtsam an ihn drückte, nicht küßte. »Aber ja doch, ja«, sagte er wie zu einem Kinde, als er ihr Schmollen bemerkte, und er war wieder zu Atem gekommen, und er holte nach, was sie sich wünschte.

Die Türmerin trank ihren Morgenkaffee und sah auf die Tasse in ihrem Schoß. Sie hatte genug von der Aussicht, von dieser unverwertbaren Aussicht hinter der Turmbrüstung da. Seit Monaten hatte sie den Kirchplatz drunten nicht mehr betreten, und sie hätte längst gekündigt gehabt, wenn die Stadtväter sich nicht entschlossen hätten, ihr eine Seilwinde zu bewilligen. An der Seilwinde ließ sie ihre Einkaufskörbe nach unten, und andere Leute füllten sie nach ihren Wünschen. Und je länger die alte Frau dort oben saß und aß und verdaute und die Groschen für die Turmbesteigung von den Touristen kassierte, desto unbeweglicher und mürrischer wurde sie.

Für das Reporterpaar waren Aussicht und Ferne noch alles, was sie sein konnten. Die Fotografin konnte jetzt von oben in die Kronen der blühenden Winterlinden sehn. »So sehen sie also, die Bienen«, sagte sie, »die

Bienen, wenn sie von oben her in die Blüten fliegen, nicht?« Daß sie wieder von den Bienen anfangen muß, dachte er, und er war froh, als sie ihn fragte: »Würdest du hier oben mit mir wohnen wollen?«

Er wollte es. »Immer dich in der Nähe und die Ferne und die Aussicht vor Augen!« Zugleich dachte er an seine Entdeckungen, die er mit fünfzig Jahren noch nicht gemacht hatte, und bezweifelte, daß er sie würde von diesem Turm aus machen können. Aber sie war so dankbar, daß er nicht ausschlug, hoch oben mit ihr zu wohnen, und umfaßte ihn wieder. Er sah, wie die alte Türmerin ausspie, aber das konnte mit dem Kirschkuchen zusammenhängen, den sie aß.

»Jetzt seh ich die Thüringer Berge«, sagte die junge Frau, »ob du es glaubst oder nicht!«

War das eine versteckte Anspielung? Oder war er besonders empfindlich an diesem Morgen? Weshalb sollte er an die Berge glauben? Er sah sie doch wie sie, sagte es wenigstens, und als er eine Weile in die Richtung starrte, in der sie die Berge sah, waren sie wirklich dort hinten wo, wenn es nicht Wolken waren.

Beim Abstieg war er wortkarg. Er kam von den Bienen und den Bergen nicht los, und er überdachte, ob er alles geschickt genug überspielt hatte, und er dachte, daß es höchste Zeit wäre, mit seinen Entdeckungen zu beginnen, und sie wartete in den dunklen Turmnischen vergeblich auf seine Küsse.

Im Café, in dem sie endlich ihren ersten Imbiß nahmen, kehrte nach der ersten Tasse Kaffee seine Fröhlichkeit vom Frühmorgen zurück. Sie scherzten miteinander und stellten sich ihr Leben als Türmerehepaar auf Sankt Petri vor. »Aber es geht wohl doch nicht«, sagte sie.

»Wieso nicht?« Seine Empfindlichkeit war wieder wach. Sie spielte doch nicht auf seine Atemnot beim Besteigen des Turmes an?

»Nichts zu machen«, sagte sie, »stell dir vor, ich komm in die Wehen, und es ist höchste Eile geboten!«

»Glaubst du nicht, daß ich dich hinuntertrüge?« Er zuckte kein bißchen, als er das sagte. Sie war gerührt und faßte nach seiner Hand, und er dachte, es ist alles gut gegangen, gut.

Er bekam Lust auf ein Glas Wein und sah sich nach der Kellnerin um, die sie bedient hatte. Es waren drei oder vier Kellnerinnen in dem alten Stallgewölbe, das man zu einem Café umgebaut hatte. »War es diese dort hinten in der rosa Bluse?«

»Ja, die!«

Er winkte die Kellnerin heran, und als sie neben ihm stand, sah er, daß ihre Bluse nicht rosa, sondern weiß war, weiß, mit großen roten Punkten gemustert. Er erschrak und sah zu seiner jungen Frau hinüber. Es kam ihm vor, als ob sie ihn die ganze Zeit ein wenig lauernd beobachtet hätte, doch jetzt sah sie weg, und er wußte nicht, ob sie wegsah, wie man wegsieht, wenn man die Niederlage eines anderen nicht sehen will.

Die ganze Zeit, da sie den Wein tranken, war er mit dieser Angelegenheit beschäftigt und war wieder schweigsam und dachte, wenn das die Entdeckungen sind, die du jetzt zu machen beginnst?

Unterwegs sah er bisweilen verstohlen zu seiner jungen Frau hinüber. Sie war so wie immer und genoß die Fahrt, wollte ihm scheinen, aber er fühlte sich gepeinigt, wenn sie von ihren Erlebnissen in der alten Stadt zu reden begann.

Später tröstete er sich mit dem Gedanken, daß nichts, nicht einmal ein Kind, eine Ehe so gut zusammenhielte wie eine gemeinsame Arbeit, und die hatten sie ja, die hatten sie ja wirklich, aber er fuhr unsicherer aus der alten Stadt, nicht so siegesgewiß, wie er morgens hineingefahren war.

Meine arme Tante

Onkel und Tante waren Ausbauern, lebten seit der Erschaffung meiner Welt auf ihrem Hofe, und jedes Sandkorn dort kannte sie. Vorzeiten mochten die Kinder der Hofstelle aus der Erde gekrochen sein, doch Generationen von Heidbauern verfeinerten die Erdhöhle mit Gebälk und Gemäuer zu einem Gehöft.

Onkel und Tante beunruhigten ihre Äcker mit Pflügen und Hacken, reizten sie mit Tiermist zu Taten, und die Taten der Äcker waren Lein, Kartoffeln und Buchweizen. Onkel und Tante aßen Kartoffeln, brieten sich Kartoffeln und gequollenen Buchweizen in Leinöl und wurden wandelnder Sand von ihren Äckern.

Tante Maika war eine fromme Frau, doch ihr schwarzes Kopftuch konnte die roten Locken nicht bändigen. Onkel Liepe, hager und schwarz, eine geteerte Zaunsäule, rasierte sich sein Haar aus der niederen Stirn und legte Falten frei, die fortfliegenden Kranichen glichen.

Sie zeichneten ihre Arbeitsgeräte, um sie nicht zu verwechseln, und packte Onkel in der Eile doch den Rechen von Tante, warf er ihn weg, als ob er in Aussatz gegriffen hätte. Tante war eine taube Blüte, etwas Krankes für Onkel und den Sandhof.

Eine dritte Garnitur Handwerkszeug benutzten die wechselnden Mägde. Sie brachten Moritaten auf den Hof. »Ein kleines Kind, so zart, schon eine Waise ward, doch als es, klug genug, nach seinen Eltern frug…« Tante verbrauchte die Moritaten wie die Sandäcker den Dung.

Auf einem anderen Ausbauernhof wohnte der frauenlose Tischler, ein Stotterer. Sein Gesicht war aus Honig und Wachs; denn er war der Obertan von sechzig Bienenvölkern, mit denen er Zucker gegen Honig tauschte, und die Zeit, die er benötigte, das Wort *Biene* wohlgeformt über die Lippen zu bringen, reichte zum Ausschlüpfen einer Arbeitsbiene. Er fertigte Särge auf Vorrat für alte Heidbauern, die in Herbststürmen oder in lauen Frühlingsnächten vergingen; Särge für junge Weiber, die im Kindbett blieben, oder für junge Männer, denen im Frühling die stallmutigen Pferde durchgingen. Die Särge lagerten im Bienenhaus, wo der Tischler in der Schwarmzeit schlief. Mich gruselte, wenn er sich morgens aus einem Sarg wälzte, doch er sagte: »Besser man gewöhnt sich beizeiten«, und er brauchte zehn Minuten dazu.

Wenn er Särge fürs Begräbnis herrichtete, stopfte er Hobelspäne unter die weißen Papierlaken. Alle Toten ruhten auf Hobelspänen; niemand bestellte für das Lager seines *teuren Toten* Bettfedern.

Sein Tintenfaß war verschwunden. Er riß das papierne Laken herunter, durchwühlte das Ruhlager von Lehmanns Paul, zog das Tintenfaß aus den Hobelspänen, blies seine Klarinettistenbacken auf und schrieb die Rechnung.

Klarinettist in der Dorfkapelle – das war sein dritter Beruf. Auf dem ungespitzten Holzrohr mit den verwickelten Klappen blies er seine Gefühle flüssig in die beredte Welt.

Die Feste auf dem Ausbauernhof befahl das Land: Fastnacht, die Zeit, in der es sich zu neuen Taten bereit erklärte, und Kirmes, das Erntefest, wo es die Ergebnisse seiner Taten ablieferte.

Die Verwandten rollten sich in gewaschenen Ackerwagen über die Heide auf den Ausbauernhof, und der vorjährige Truthahn erschien nackt, buttergebräunt und rotkohlumkränzt auf der Tafel. Fünfzig Hühner hatten ihre Eier in die Suppen fallen lassen, und ein schlafender Schweinskopf fraß Petersilienstengel von einer blaugeblümten Porzellanplatte.

Es wurde gegessen, getrunken, gerülpst, gelobt, und der Onkel prahlte: »Wollt ihr noch ein bißchen gebratenes Bullchen?« Die Tante wand vor Scham ihre Schürze. »Liepe, das Bullchen ist doch verkauft!«

»Ham wir verkauft? Da seht ihr's, wir haben zuviel!«

Die Gäste zwinkerten einander zu, und der Onkel sagte: »Maika, tuk spieln!«

Die Tante holte ihr Taschentuch aus dem Schürzenlatz, wickelte eine Mundharmonika aus, setzte sie an die frommen Lippen und entlockte den schwingenden Messingplättchen mit ihrem Atem das Lied vom *Guten Kameraden.* Zwischen den Tönen war viel Raum; jeder fand Zeit, sich zu entwickeln und auszuschwingen, während die Tante den nächsten suchte. Bei der zweiten Strophe sangen die Männer mit. Sie hatten sich mit *Cottbuser Korn* in Schwingungen gebracht, waren mit der Strophe früher fertig als die Tante und hatten noch Zeit, einen *Cottbuser* nachzugießen. Nur der Onkel tanzte mit der Magd durch die musiklosen Zeiten zwischen den Strophen: »Eine Kugel kam geflogen ...«

Um Mitternacht holperten die Teile des Truthahns in verschiedene Richtungen über die Heide.

Die Butter der Kühe, die Eier der Hühner brachte Onkel mit dem Fuchswallach, die Hufe mit Stiefelwichse geschwärzt, ins Städtchen und prahlte dort vor den Frauen: »Wollt ihr Kirschen, wollt ihr Pflaumen? Holt euch, wir haben! Wollt ihr Birnen, wollt ihr Apfeln? Holt euch, holt euch, wir ham alles!«

Lose Stadtweiber erschienen auf dem Sandhof, und Onkel half ihnen auf die Bäume, half ihnen ins Heu.

Die Tante hatte keine Kinder, der Onkel hatte viele, jedes zweite Jahr eins von einer Magd, doch bevor es ankam, suchte er einen *Magdmann* gegen Entgelt, und die Magd wurde verheiratet. Onkels Vermehrungsdrang fraß auf, was der kleine Hof abwarf.

Niemand aus der Verwandtschaft sagte: »Die armen Mägde!« Alle sagten: »Die arme, arme Tante, wie sie es trägt, und wie sie es aushält!«

Der sonntägliche Kirchgang und der christliche Abreißkalender hielten das Herz der Tante in Demut: »Wo Glaube, da Liebe; wo Liebe, da Segen; wo Segen, da Gott; wo Gott, keine Not!«

Im Frühling kam eine neue Magd auf den Sandhof. Zur Zeit der Frühkirschenernte wollt ich sie mir ansehen. Es war Sonntag, eine Stunde vor dem Mittag. Die Schwalben würzten das Gesumm der Bienen mit Gezwitscher, und das Strohdach der Scheune ruhte auf dem Rücken brütender Spatzenweibchen. Ich sah die Magd nicht, doch beim Häckseltürchen stand der Onkel mit Hacheln im Haar und offener Hose, und die Kraniche auf seiner Stirn verschwammen in der Ferne. Die Tante war in der Kirche, ich sollte ihr entgegengehe.

Unterwegs sprang ich beim Tischler zu, um ihm guten Sonntagmorgen zu wünschen. Er saß vor einem Sarg voll Hobelspänen und feierte Sonntag mit einem Klarinettenliedchen: »Schäfermädchen, Kuckuck, zeig mir deinen roten Rock! ...« Auf seinem Schoß saß die Tante und begleitete ihn auf der Mundharmonika.

Die blaue Nachtigall oder Der Anfang von etwas

Es geschah, als ich mich aus den Armen einer Geliebten löste, daß ich eine blaue Nachtigall fliegen sah, und ich konnte die blaue Nachtigall nicht vergessen, und ich konnte sie den ganzen Tag nicht vergessen, und mir fiel ein, was man mir über die Nachtigall beigebracht hatte, und danach war sie ein Tier, ein Insektenfresser aus der Gattung der Sperlingsvögel, ein Eierleger, der mit dem Säuger Mensch nichts zu tun hatte.

Aber je länger ich über die Nachtigall nachdachte, desto fragwürdiger und oberflächiger wurde mir, was ich über sie gelernt hatte, und sie erschien mir wie ein singendes Gewächs aus dem Luftraum, und mir schien, daß es von alters her Beziehungen zwischen Kreatur und Kreatur gäbe, die noch ungeklärt sind, weil wir nur das klären, was uns nützlich erscheint.

Aber Unnützlichkeit ist ein Synonym für Unwissenheit. Bis man entdeckte, daß sich aus Lehm Gefäße fertigen ließen, war er nur eine Art gelbkleberiger, gehbehindernder Erde, und der Seetang erschien uns als eine unnütze Verunreinigung des Meerwassers, bis wir ahnten, daß sich einmal die Menschheit würde von ihm ernähren müssen.

Verdankt nicht mancher den Anstoß für den Einschlupf in sein Leben dem Gesang einer Nachtigall? Wenn ich vom Leben rede, so meine ich jenen Zustand, in dem wir einander sichtbar sind, und denkt ihr nun nicht, daß ich Spiritist oder geistergläubig sei, wenn ich sage, daß es ein unsichtbares Leben gibt, denkt an Atome!

Nach den romantisierenden Erzählungen meiner Mutter hat eine Nachtigall in den Buchsbaumhecken am Georgenberg den Anstoß gegeben, daß ich in der Dachkammer eines Kleinstadthauses, hart hinter dem kleinen Fluß, gezeugt wurde.

Diese unzureichende Antwort gebe ich auf die Frage, was eine Nachtigall ist, und ich wünschte, daß es mir besser gelänge zu beantworten, weshalb sie blau war, jene Nachtigall, die da aufflog, als ich mich gestern nacht aus der Umarmung einer Geliebten löste.

Meine Kindheit verbrachte ich auf der Sandheide, und es gab dort die Nachtigall nicht, doch ich ertappe mich bei einer Ungenauigkeit, wenn ich sage: »nicht«, weil sich dieses »nicht« auf ein kurzes Menschenleben bezieht; denn als die Braunkohle, die wir aus dem Heidesand gruben, noch ein Schachtelhalmdickicht war, hat es dort Tiger und Bären gegeben, und weshalb sollte es dazumalen oder später nicht auch Nachtigallen auf der Heide gegeben haben? Ich schreib also, um genau zu sein: Als *mein* kleines Leben in dieser Heide begann, gab es die Nachtigall dort nur einen Frühling lang, und man hörte sie aus den Wacholdern hinter dem Friedhofshügel singen, und sie sang dort nachts, wenn diese Wacholderbüsche sich darin gefallen, Geistermenschen und Riesen vorzutäuschen.

Die Nachtigall war also um jene Zeit eine Fremde, eine Zugereiste in dem Landstrich, den ich meine Heimat nenne, und sie war dort ein Vogel von wer weiß woher, und die alten Kossäten hatten den Gesang dieses Vogels nie gehört, und wieder heißt das: jene Kossäten, die in jenem Frühling dort lebten, die an ihrem Leben die Zeit und die Welt maßen, denn jede Menschengeneration, die diesen Planeten gerade bevölkert, hält sich für *die,* um die sich der ganze Weltenraum dreht. Der Erdenmensch ist »die Krone der Schöpfung«, hieß es bislang, aber wenn Wissenschaftler und Weltraumfahrer demnächst erfahren werden, daß der Erdenmensch keine *Krone* ist, so werden wir ihnen vielleicht sagen: Also, daß wir von affenähnlichen Tieren abstammen, haben wir euch allmählich abgenommen, aber wenn ihr nun schon wieder höherstehende Affen entdeckt haben wollt als uns Menschen, dann schert euch zu ihnen, marsch, marsch!

Die alten Kossäten traten nachts in die Vorgärten, um ihr Wasser mit einigem Nutzen für die Obstbäume abzuschlagen, und sie hörten die Nachtigall singen, und sie fürchteten sich. Was war das für ein Vogel, der vor Übermut zur Nacht auf dem Friedhof sang, der den Toten die Ruhe nahm, der vielleicht mit seinem Gesang die Lebenden auf den Hof der Toten lockte?

Die Maiabende waren kühl, und der Wind wehte aus den schlesischen Birkenwäldern herüber, und man hörte die Signale der Fördertürme. Man vernahm die Laute der Lebendbegrabenen, die da unter der Erde die Kohlenadern der Heide auskratzten, und es verging viel Zeit von Signal zu Signal, und es lag viel Raum zwischen dem Verschwinden des leeren und dem Auftauchen des gefüllten Kohlenwagens, und dazwischen konnte man das Kichern der schüchternen Quellen am Mühlenberg und die tief hergeholten Töne der Nachtigall hören.

Ich war ein Junge, und ich war zwölf Jahre alt, aber als ich den Gesang des zugereisten Vogels hörte, fühlte ich, als ob mir's aus dem Weltenraum zugeweht worden wäre, was die Liebe ist; nicht die Liebe zur Mutter, nicht die zu den Brüdern, sondern jene Liebe, die etwas mit jeder Zelle des Körpers zu tun hat, denn ich näherte mich dem Zustand, den man mit dem Begriff *Pubertät* abtut. Aber was sind wissenschaftliche Begriffe in solchen Fällen? Wir sagen: »Instinkt«, und wir sagen:

»Komplex«, wir sagen: »Sexualität«, und wir bilden uns ein, damit alles erklärt zu haben, und wir sind so selbstsicher dabei wie die Kartenspieler, wenn sie behaupten, ein As zähle elf Augen.

Der Lehrer fragte uns, ob wir den Sprosser gehört hätten.

»Jenen Vogel, der in der Nacht singt?«

»Jenen Vogel!«

»Ja, wir hörten ihn, es war die Nachtigall.«

»Nein, es war nicht die Nachtigall, es war der Sprosser; übrigens hast du dich nachts herumgetrieben, wenn du ihn gehört hast!«

Der Lehrer erklärte uns, weshalb es nicht die Nachtigall, sondern der Sprosser war, den wir nachts gehört hatten, und die Erklärung war umständlich, und sie war unsicher, und nur abgefeimte Vogelkenner vermochten bei gut Glück den Unterschied von Nachtigall und Sprosser am Gesang zu erkennen. Der Lehrer erklärte, der Sprosser wäre vielleicht ein zu groß gewordener Familienangehöriger der Nachtigallen, und man nenne ihn deshalb auch die nordische Nachtigall, und alles wäre wissenschaftlich verbürgt, aber nicht ganz geklärt.

Aber ob Nachtigall, ob Sprosser, ich spürte schon damals, daß nicht wichtig ist, wie etwas benamst wird, sondern ob es mit seinem Dasein große Gefühle in einem auslöst, die einem leben helfen.

Die Zeit verging, und das ist wieder ungenau, denn wir vergehen, und unser Heranwachsen ist der Anfang unseres Vergehens. Ich sage das nicht aus Trauer, nicht aus Wehmut, nicht aus Weltschmerz, nicht aus Lebensmüdigkeit. Ich sage es mit einer mir langsam zuwachsenden Neugier auf das, was kommen wird.

Ich war Handwerksgeselle geworden, und ich trug meinen Gesellenbrief in der Tasche, und der war mir weniger ein Ausweis dafür, daß ich bestimmte Griffe des Bäckerhandwerks beherrschte, als ein Paß, der mir erlaubte, ungestraft Zigaretten zu rauchen, Bier zu trinken und Liebschaften zu beginnen.

Ich wanderte nicht mehr, »ein Sträußchen am Hute, den Stab in der Hand ...«, um nach Arbeit anzuklopfen, sondern ich fuhr, und ich benutzte die in einem Wasserkessel zu Dampfdruck und die in einem Stahlzylinder zu Radumdrehungen verwandelte Kohle aus unserer Heide, um mich zu den Meistern ziehen zu lassen.

Im Gepäckwagen hinter der Lokomotive reiste in einem verschließbaren Korb aus geschälten Weidenruten mein Oberbett. In dem Inserat in der Bäckerzeitung, auf das ich mich meldete, hatte man gefordert, daß ich mein »Oberbett«, mitzubringen hätte. Hat man je einen Vogel, eine Nachtigall zum Beispiel, gesehen, der sein Nest mit sich schleppt, hat man je einen Affen gesehen, der seine Laubhütte umherträgt? Nein, das blieb dem Bäckergesellen vorbehalten, einer Spezies des vernunftbegabten Menschen, einem Edelstein aus der Krone der Schöpfung, und den Muscheln und sonstigen Niedertieren, und man darf gespannt sein, wie die Wesen, die im Weltraum zu entdecken uns bevorsteht, es in dieser Hinsicht halten.

Fast wäre der Schnellzug ohne mich an Bord in die Ferne gefahren. Die Ferne, die Ferne ... für meinen Großvater war sie der Nachbarkreis, und für mich war sie Halbsachsen, das heißt, ich vertauschte eine Landschaft, in der man das Personalpronomen »mich« mied wie eine Kränzchenschwester ein Kraftwort, mit einer Landschaft, in der das Personalpronomen »mir« gemieden wurde wie ein Fluch unter Frömmlern.

Ich sprang auf den anfahrenden Schnellzug wie ein Gepard auf einen zur Flucht ansetzenden Bison, und ich fuhr ins Leben hinaus, wie es heißt, als ob ich vorher nicht gelebt hätte und als ob alle, die ich zurückließ, außerhalb des Lebens gestanden hätten.

Die Situation war filmgerecht, und der junge Mann, der mich in den fahrenden Schnellzug hineinzog, in jene Wohnung für Stunden, war ein Barbiergeselle, einer, der das Leben schon abschmeckte. Er verließ eine Lebensstelle, verließ unsere Kreisstadt, und er reiste in eine »größere Stadt«, zu einem »besseren Meister«, und er nannte sich nicht Barbier, und er nannte sich nicht Friseur, er nannte sich Bubikopfschneider, und er war ein begehrter Mann, und er stand hoch in Ansehen bei den Frauen, die ihr Langhaar, damals noch mit Skrupeln, vor ihn auf den Hackklotz legten. Er war eine Art milderer Scharfrichter, ein Sex-Appeal-Schaffender, ein schöpferischer Haarvernichter, und er trug selber einen Bubikopf, und sein Bubikopf war künstlich gewellt, und der Bubikopfträger war vielleicht ein Mittelmensch, nicht Mann, nicht Weib – ein Bubikopfschneider.

Er trug einen safrangelben Ledermantel, und der war aus vielen Trinkgeldern von Damen zusammengesetzt, die der Mittelmensch modernisiert hatte. Der Ledermantel des Bubikopfschneiders erschien mir als das Eleganteste, was die Welt zu bieten hatte, und er wurde für mich zu einem langen, langen Traum, und wer mich heute mit einer safrangelben Lederjacke umhergehen sieht, der halte mir zugute, daß sich die Hinwendung zu einem solchen Kleidungsstück in jenem Augenblick vollzog, da ich auf den Schnellzug sprang, um mich von der Heimat abtreiben zu lassen, in die ich fortan nur noch als Gast zurückkehrte.

Es gab keine Musik bei meiner Landung auf dem Kleinstadtbahnhof in der »Fremde«, und es gab keinen roten Läufer bis zur Kutsche, die mich zum Präsidenten zu bringen hatte, und es wird diesen weichen Läufer niemals in meinem Leben geben, weil mir zum Diplomaten mehr fehlt als der Frack.

Ich war in einem Badeort gelandet – oder war ich gestrandet? Es war ein Eisenmoorbad, und man heilte dort die Kranken mit Moorschlamm, den wir daheim *Dreck* nannten, und da die Damen und die Herren nach solchen Schmutzkuren genasen und umhertollten, dachte ich nicht mehr ganz so abfällig von dem *klugen Mann* daheim im Lande der Sorben, denn dieser *kluge Mann* hatte Krankheiten mit Kuhmist geheilt.

Der Meister war freundlich zu mir, und das hatte seine Gründe, und es stellte sich später heraus, welche Gründe. Die Meisterin war nicht daheim, und auch das hatte seine Gründe, sie war zur Kur. Jawohl, sie war zur Kur in einem anderen Badeort, denn am Platze kannte sie die Ärzte, und die Ärzte kannten sie, und ihre Krankheit war nicht so beschaffen, daß sie im heimischen Badeort, gewissermaßen am heimischen Herd, repariert werden konnte.

Ich wurde also Lebensrätseln gegenübergestellt, aber für mich war damals vieles rätselhaft, und jeder Mensch war für mich eine Einmaligkeit und ein Rätsel. Später stumpften mich verschiedene Lebensereignisse ab, und ich fand alles weniger rätselhaft, und ich glaubte eine Weile, alle Menschen wären gleich, aber heute will mir scheinen, als ob ich in der Jugend mehr recht gehabt hätte und als ob ich, mit einigen Säcken voll Lebenskenntnis ausgerüstet, in die Gefilde der Naivität zurückkehren müßte. *Naivität?* – Muß ich erklären, was das ist, nachdem wir uns bereits über die Willkür und die Relativität der von Menschen geprägten Begriffe einigten?

Im Meisterhaushalt gab es eine sogenannte Haustochter, eine Art Haushaltsschülerin, und die mußte unter dem Kommando der Meisterin von früh bis spät schuften, und die Eltern der Haustochter zahlten den Leuten, die ihre Tochter schuften ließen, monatlich eine Geldsumme, und mit der Geldsumme bezahlten sie den Titel »Haustochter«, weil sie es nicht hätten ertragen können, wenn man ihre Tochter *Dienstmädchen* genannt hätte, nein, lieber lieferten die Erzeuger einer solchen *Haustochter* noch ein Taschengeld überdrauf, damit die Haustochter ihre Kleider und ihr Unterzeug in Ordnung halten konnte.

In der Zeit, da die Meisterin auswärts kurte, war dem Meister die Ausbildung der Haustochter übertragen, und der Meister vorabsäumte nicht, die Tochter des Hauses zu einer Zierde des Mittelstandes auszubilden.

Der Meister, der Lehrling, die Haustochter, das Tellermädchen, die Zugeherfrau, Hausknecht Läppchen und ich – wir hatten eine Bäckerei, eine Konditorei, ein Ladengeschäft, ein Kaffeehaus und eine Ziegenlandwirtschaft zu bewalten, und der Meister holte alles an Arbeitskraft aus uns heraus, was er kriegen konnte, und er tat es nicht schlechter und nicht besser als alle anderen Handwerksmeister des Städtchens, unter denen es als ehrenwert galt, alles aus ihren Leuten herauszuholen, was sie kriegen konnten, und einer, der es nicht getan hätte, wäre von ihnen für unfähig gehalten worden, einen Handwerksbetrieb zu leiten, und wer will, ohne geistige Not, für unfähig gehalten werden?

Mein künstlerisches Gewissen beginnt sich zu regen: Ist das, was ich hier erzähle, wichtig für den Existenznachweis meiner blauen Nachtigall? Oder ist's gar nicht mein Gewissen, sind's die bekannten Fragen von bekannten Nützlichkeitsaposteln, die ich im Ohr habe, die Fragen jener besorgten Leute, die Auskunft von mir verlangen, weshalb ich wertvolles Papier, sozusagen reine Devisen, unnütz bekritzele?

Was Unnützlichkeit ist, habe ich am Beispiel des

Lehms und des Seetangs nachgewiesen, und so darf ich, glaube ich, unangefochten weiter nach der blauen Nachtigall fahnden. Wo wird sie sich hernehmen?

Morgens um vier Uhr stand ich auf, bereitete in der Backstube die Teige vor und schickte den Lehrling den Meister wecken. Wir arbeiteten gemeinsam bis gegen sieben Uhr, und der Meister legte sich wieder schlafen, aber der Lehrling und ich schleppten, was wir produziert hatten, in Kiepen in die Stadt und verteilten es in den Häusern.

Dann arbeiteten wir weiter, arbeiteten über den Mittag hinaus und bis in den Spätnachmittag hinein. Wir fertigten aus pulverisierten Getreidekörnern, Wasser, Salzprisen und jacher Ofenhitze eßbare Gegenstände an, denen nicht mehr anzumerken war, daß sie aus pulverisiertem Getreide, Wasser, Salzprisen und jacher Ofenhitze gemacht waren. Wir färbten Butter rosarot und veilchenblau, blättergrün und steinpilzbraun und formten Frösche, Schwäne, Pilze, Rosen und Ornamente aus der gefärbten Butter und ließen sie auf die Menschen des kleinen Städtchens los, auf Gesunde und Kranke, und die Menschen standen unserer Kunst so aufgeschlossen gegenüber, daß sie die von uns gefertigten Gebilde einfach auffraßen, unsere Rosen zum Beispiel, die wir mit angehaltenem Atem gespritzt, in die wir unseren Feinsinn gelegt und durch die wir unserem Hang zur Schönheit Ausdruck verliehen hatten.

Am Frühabend verwandelte ich mich, und aus dem mehlverstaubten, teigverkleisterten, schokoladebeschmierten Bäcker und Konditor wurde ein geschniegelter Kellner: Ich trug eine dunkle Hose, in der ich jede Kirche hätte betreten dürfen, und ich trug eine weiße Jacke, mit der man mich in jede Sekte aufgenommen hätte, und ich band mir einen Schleifen-Schlips unter den Adamsapfel und dressierte meine Haarwellen, an die heute nicht einmal mehr Falten auf meiner Glatze erinnern. Ich spielte zwei verschiedene Rollen, denn ich sah die menschlichen Berufe wie Theaterrollen. Es machte mir Spaß, eine Anzahl von Rollen zu erlernen, und wenn ich sie beherrschte und wenn ich sie eine Weile gespielt hatte, reizten sie mich nicht mehr, und sie wurden mir langweilig, und wenn mich eine Berufsrolle zu langweilen begann, suchte ich nach einer neuen, bis ich den Beruf fand, in dem ich alle Rollen spielen durfte.

Ich bediente also die Gäste im Café und durfte zehn Prozent Aufschlag für Arbeit, Bedientenumsicht und Lauffleiß kassieren, und ich fühlte mich wie ein Artist, der den Tag lang im Stall gearbeitet hatte und der abends im Scheinwerferlicht einem hochverehrlichen Publikum die Tiere (in meinem Falle Frösche und Schwäne aus Buttercreme) vorzuführen hatte und der anschließend mit einem Teller umhergehen und sich sein Trinkgeld kassieren durfte.

Schon in meinen ersten Kellnertagen gewahrte ich, wie Zeit und Schaum miteinander korrespondierten: Je energischer der Zeiger der elektrischen Ladenuhr, die dem Schokoladenschrank als Krone eingearbeitet war, auf die Mitternachtsstunde vorrückte, desto eifriger sorgte der Chef und Meister für die Höhe der Schaumkronen auf den Bieren, die ich servierte.

Bis ein Uhr nachts hatte ich Gäste zu bedienen, und es gab solche, die auch dann noch nicht gehen wollten. Sie hatten getrunken und waren fröhlich, andere wurden ausfällig oder traurig, je, was der Alkohol von ihnen verlangte, und es war eigentlich ihre Privatsache, aber sie wollten auch nach ein Uhr morgens noch nicht gehn, lieber noch eins mit dem Kellner trinken, aber nicht gehn.

Endlich, wenn der letzte Gast gegangen war, räumte

ich die Tische ab, und manchmal verweilte auf einem Sessel oder in einer Sofanische noch ein wenig Duft von einer Dame, und er hing da selbstverständlich und dicht wie ein seidenes Tuch im runzelig gewordenen Tabakrauch, und er gaukelte mir ein kleines Versprechen vor, und er erregte mich trotz meiner Müdigkeit.

Ich lieferte die Geldsumme ab, die die Kellnerkasse, die Großmutter des Computers, addiert hatte, und was in meinen Taschen zurückblieb, wenn ich die Summe aufgezählt hatte, das war mein Wechselgeld, waren meine Prozente, und das war mein Trinkgeld. Weshalb eigentlich Trinkgeld, Trinkgeld und niemals Eß- oder Schlafgeld?

Oh, was war ich müde! Und damals glaubte ich, wer nie von früh um vier in einer Backstube und abends und in der Nacht als Kellner arbeitete und wer das nicht an fünf von sieben Wochentagen tat, könnte ermessen, wie müde ich war, aber ich täuschte mich, und ich werde darauf zurückkommen.

Solange abends die Apparate in beiden Kinos der Stadt schnurrten, war der Geschäftsgang träge, und es saßen nur wenige Gäste im Café, zum Beispiel der Sohn eines Gutsbesitzers, und der war Weltkriegsleutnant gewesen, und er machte keinen Hehl draus, daß er auf den nächsten Krieg wartete. Der Weltkriegsleutnant lehnte »Lichtspiele« ab. »Was sind das für Menschen, Kellner«, fragte er, »die über Bilder auf einem rollenden Zelluloidstreifen lachen oder weinen?« Ich wußte es nicht.

»Es sind Menschen, die nicht richtig verpackt sind, kriegsuntaugliches Gelichter.«

Andere Gäste, die zur Zeit der Geschäftsträge im Café saßen, waren Liebespaare; ein durchreisender Kaufmann und eine frauenleidende Badedame zum Beispiel, die sich wie zwei Schmetterlinge auf einer besonnten Margeritenblüte trafen und die Fühler nacheinander ausstreckten; und wenn zwei oder drei Liebespaare im Café saßen, so hatte ich eine besonders ruhige Stunde, weil auch die Liebespaare eine ruhige Stunde benötigten. Es war, als ob solche Paare bei ihrer Zweimannliebe eine Art allgemeiner Menschenliebe mitproduzierten und als ob diese Abfalliebe auf mich überginge. Bis zum Freitag meiner ersten Kellnerwoche hatte ich eine Methode gefunden, nach der ich ein wenig schlafen konnte, wenn Filmgegner und Liebespaare das Café bevölkerten: Ich hakte das Anhängerband der Kellnerjacke in der Küche am Garderobenrechen fest, an dem die Zugeherin und das Tellermädchen ihre Tücher hängen hatten, ja, ich hängte mich in der zugeknöpften Jacke dazu, hängte mich neben den Wischtüchern auf, und diese Methode ließ nicht zu, daß ich umfiel, wenn ich einschlief, und ich schlief sofort ein, und ich schlief fest ein, und manchmal gewahrte ich vor dem Einschlafen, wie meine Knie einknickten, aber ich konnte nicht umfallen, weil ich hing.

Der Nachteil dieser Methode war, daß ich, wenn plötzlich »Kellner« oder »Ober« gerufen wurde, oder wenn mir das mitleidige Tellermädchen einen Schubs gab, weil ich den Ruf der Gäste nicht gehört hatte, nicht frei verfügbar war, weil ich am Garderobenrechen hing, und daß ich den Aufhänger meiner Jacke zerriß, und daß mir das zusätzliche Näharbeit verschaffte, die von der Schlafzeit abging. Für mich war das allemal eine Wiedergeburt: Ich mußte meine Rolle erst wiederfinden, und ich hatte vergessen, wo im Weltraum ich eigentlich hing.

Später ersetzte ich die leinenen Jackenaufhänger durch solche aus feinem, allerdings etwas graufarbenem Chromleder, doch das war in der Zeit, als die Meisterin schon aus der Kur gekommen war, und sie hatte etwas gegen diese Art von Jackenaufhängern, weil sie sich nach einer kleinen Schlaftour nicht wieder in den Jakkenkragen hineinlegten, sondern eigenwillig wie Aufhänger von Räucherwürsten aufrecht standen, und so mußte ich die Methode, meinen fehlenden Nachtschlaf sozusagen in Pfennigbeträgen einzukassieren, aufgeben, weil die Meisterin nicht nur etwas gegen meine chromledernen Jackenaufhänger, sondern auch etwas gegen mich hatte, wie sich herausstellte, und was ihr an mir nicht gefiel, das war mein Blick, aber an meinem Blick war ich schuldlos, denn ich hatte ihn nicht gemacht, mein Vater und meine Mutter hatten ihn mir gemacht, und sie waren wohl auch nur blind handelnde Blickvermittler, wenn sie mich und meinen Blick sozusagen auf den Wink einer Nachtigall hin anfertigten.

Seid nicht ungeduldig, wenn ich meine Schlafgewohnheiten hier vor euch ausbreite; aber sie gehören zur Geschichte, denn von meinem Schlaf hing das Erscheinen der blauen Nachtigall ab, und ich schwör, daß ich das Nützlichkeitsprinzip der Kunst nicht verlasse.

Es wurde Sonnabend, und es wurde Sonnabend in einer Zeit, da ich mich an den Namen der Wochentage durchs Leben hangelte, und ich schätzte den Sonnabend damals so wie heute eine Frühherbstreise in den Kaukasus.

Die Badegäste des Ortes waren Rheumatiker, unterleibskranke oder unausgefüllte Frauen, erlebnishungrige, gutsituierte Handwerker und Gattinnen von mittelbestallten Beamten. Am Sonnabend trafen sich die Kurgäste im Festsaal des Kurhauses, und diese Wiedervereinigung (sie hatten sich am Freitag zum letzten Male gesehen) nannten sie Reunion, und das hörte sich fast so nett an wie heute »mai hoobi«, und um diesen gesellschaftlichen Höhepunkt der Kurwoche nicht zu stören, schlossen wir sonnabends unser Café. Der Meister sagte: »Gehn auch mir auf die *Reunion!* Ich werde

Sie dort einführen«, und wir gingen dorthin. Ich wunderte mich, daß der Meister, der die Mittel hatte, wochüber so viel Mehl und Bier und all die Buttercreme- und Agar-Agar-Fruchttorten und uns, seine gemieteten Leute, in Bewegung zu setzen und in Vertretung Gottes, der eigentlich für unsere Ernährung zuständig war, zu versorgen, mit einem mittellosen, von Trinkgeld und Dienerprozenten abhängigen Handwerksgesellen zur Reunion ging, aber er hatte seine Gründe.

Ich vergaß, daß ich mich ausschlafen wollte, daß ich mich ausschlafen mußte; denn der Meister lud mich ein, und ich vergaß den Schlaf.

Auf den Tischen im Kurhaus ging es sehr weiß zu, und vom Musikpodium blinkte es verchromt; man hatte sie soeben neu entdeckt, jene blecherne Lure, die ein gewisser Herr Sax unnützerweise (da haben wir's wieder!) erfunden hatte, denn als er sie erfand, war ihre Zeit noch nicht gekommen, aber jetzt schien ihre Zeit gekommen zu sein, und sie blinkte von allen Bühnen und Musikpodien, und sie fand eine Weile später sogar Aufnahme in den konservativsten und barbarischsten Musikbanden der Welt, den Militärkapellen, denn sie hatte nicht das ordinäre Bedürfnis, mit einem Bein auf der Erde zu stehen wie ein Cello zum Beispiel; sie war wendig, vielverwendungsfähig, ließ mit sich umspringen und war glänzend beim Marschieren zu benutzen.

Ich trug eine kurze Jacke, die dort aufhörte, wo mein Gesäß begann, und die Jacke war schwarz, weil Schwarz Feierlichkeit ausdrückt, was ich nie in meinem Leben begriff und begreifen werde, weil meine sorbischen Mütter sich in weiße Tücher hüllten, wenn sie ernst und feierlich erscheinen wollten.

Das Gesäß und die dürren, ein wenig vom Mehlsackschleppen angekrümmten Bäckerbeine steckten in einer Hose, deren Beinlinge sich über den schwarzen

Halbschuhen glockenförmig verbreiterten und so lang waren, daß ich wie eine fußlose Marionette auf dem Parkett stand.

Allen meinen Altersgenossen, die heute die Nasen rümpfen, wenn junge Leute in ähnlich geschnittenen Hosen durch die Straßen steppen, sei das ins Gedächtnis gerufen!

Ich tanzte Charleston wie eine Vogelscheuche im Wind, und auch daran erinnere ich meine gleichaltrigen Genossen mit Augenzwinkern, denn auch wir unterwarfen uns Moden, die vom Westwind ins Land geweht wurden, aber damals waren wir machtlos – und jetzt? Weshalb machen wir keine Moden? Gekrauste Stirnen, erhobene Zeigefinger und der Typ des gnatzdeutschen Oberlehrers haben keine Chancen, Jugendmode zu werden, und damit die Lehrergewerkschaft nicht erzwingen muß, daß diese Geschichte nicht gedruckt wird: Es gibt auch gute Oberlehrer.

Ich tanzte Charleston mit der Haustochter, und als ich dabei einen Blick auf das Meistergesicht warf, fand ich etwas, was man in Gesichtern von Mitmenschen findet, denen ein Zug oder ein Schiff vor der Nase wegfuhr, und ich tanzte fortan nicht mehr mit der Haustochter, von der ich nicht mehr weiß, wie sie hieß, von der ich aber erinnere, daß sie klein und blond und aus Wismar war und klangvoll mecklenburgisch sprach. Im übrigen lullten mich sächsische und halbsächsische Laute ein, und sie erschienen mir damals wie Taubengurren, und die Stimmen von Berliner Kurgästen, die zu hören waren, klangen wie Spechtgeklopf. »Det, det, det, det«, und wenn ich selber sprach, so hörte es sich an wie die Verlautbarungen einer Dohle, die sich zwischen Tauben und Spechten in den Frühlingswald verirrt hatte.

Der Meister spendierte Wein, und das war der teuerste Wein des Hauses, denn der Meister war verpflichtet, »Zeche zu machen«, um seine angezweifelte Zahlungskräftigkeit zu beweisen. Am Montag besuchten dann »die Herrschaften« von der Kurverwaltung unser Café und »fanden sich ab«, und sie tranken bei uns Sekt, und ihre Damen verschlangen Fürst-Pückler-Eis – Portionen von Umfang und Höhe kleiner Granaten. Es gab viele Dinge auf der Welt, und es gibt sie, wie ich höre, in einem anderen Lande noch, die da beweisen helfen müssen, daß ein Mensch zahlungskräftig, kreditwürdig und in der Lage ist, sich seinen Lebensunterhalt von seinen Mitmenschen verdienen zu lassen, als da sind Kleider, Autos, Schmuck, seltenes Gestein und rare Metalle, und wenn gewisse Cliquen eines Tages übereinkämen, daß nunmehr Roßäpfel das Rareste und darum das Edelste auf Erden sind, so würden sie und ihre Damen nicht anstehen, auch diese Afterfrüchte von Vierbeinern in Gold und Platin einfassen zu lassen und sie als Schlipsnadeln, Krawattenknöpfe und Kolliers zu tragen.

Mir war es gleich, was ich auf meine schwelende Müdigkeit goß; denn Birnensaft erschien und erscheint mir bis heute wohlschmeckender als Wein.

Der Tanz im Kurhaussaal wurde von Soloeinlagen unterbrochen, und jene »Künstler«, die sie produzierten, wähnten, daß ihre Soloeinlagen die Hauptsache der Reunion wären, deshalb behandelten sie die Musiker der Kurkapelle wie ihre Diener. Die Solointerpreten waren Rheumatiker, hielten sich zur Kur im Städtchen auf und stellten sich »hochherzigerweise« für die Verschönerung der Reunion zur Verfügung, und die Kurverwaltung gewährte ihnen dafür »hochherzigerweise« freie Sonnabendzeche, und das hatte zur Folge, daß ein Operettist mit platter Nase das obligate Lied des Analphabeten aus dem »Schweinebaron« sang und daß man es ihm glaubte. Ein anderer »Künstler«, in dessen Glatze sich das Licht der Lüster spiegelte, sang eine Partie aus dem »Weißen Pferd«, und die Damen aller Leidensschattierungen verschlangen ihn samt seinem weißen Frack mit den Augen.

Mich ermüdeten diese Darbietungen. Ich begann einzunicken. Der Meister bemerkte es und bestellte Kaffee, und er quälte mich weiter mit seiner Reunion, aber damals fühlte ich mich nicht gequält, denn ich war neugierig auf alles wie ein halbjähriger Hund. Der Mokkadouble-double, den der Meister bestellte, verwandelte mich für kurze Zeit in einen Marokkaner, und damit der südliche Impuls, den ich erhielt, mich nicht veranlaßte, wieder mit der Haustochter zu tanzen, stellte mich der Meister einigen Damen vor. Es waren Damen, die ich schon im Café bedient und von denen ich meine Kellnerprozente eingefordert hatte, aber jetzt war ich kein anonymer Kellner, sondern ein Mensch mit Familiennamen, ein Mann, der mit seinem Meister und dessen Haustochter eine Reunion besuchte, ein Teilnehmer am Kurleben der Stadt.

Vielleicht hätte ich damals nichts dagegen gehabt, ein Mann zu sein, von dem die Leute des Städtchens, die leidenden Frauen und die Mädchen auf den Elbwiesen, mehr Notiz nahmen, als sie es taten, aber das war mit der Anfertigung von Rosen, Fröschen und Schwänen aus Buttercreme nicht zu erreichen. Heute sehne ich mich oft in die Anonymität meines Kellnerdaseins zurück, und das ist natürlich, und das hat was mit Dialektik zu tun, und das ist das Leben.

Unter den Damen der Stadt, die mir vom Meister vorgestellt wurden, befand sich eine, die ich in unserem Café noch nicht gesehen hatte. Sie trug ein langes wasserehrenpreisfarbenes Ballkleid (Chiffon oder Crêpe de Chine). Eine schmale, edel wirkende Nase regierte ihr Gesicht, und die Flügel dieser Nase bebten wie die

Flügel eines Schmetterlings an einer besonnten Hausmauer. Wenn die Dame lachte, zeigte sie in der Mitte der oberen Zahnreihe einen Goldzahn, und sie zeigte ihn mehr wie einen Goldring, wie eine Verzierung, weniger wie eine Notwendigkeit. Ich hatte damals etwas für Sommersprossen und Goldzähne übrig, und während sich die Vorliebe für Sommersprossen erhielt, verflüchtigte sich die für Goldzähne. Oh, wenn ich Listen über alles führen würde, was mir einmal sympathisch war, und auch über das, was mir im Laufe des Lebens sympathisch wurde, so würden sie einen Schnellhefter füllen und wissenschaftlich beweisen, daß der Mensch unterderhand und oft, ohne sich selber von diesem Vorgang zu verständigen, ein anderer wird.

Hinter dem Kurhaus lag der Park. In den Eichen, Buchen und Linden dort schliefen während der Reunion die Vögel. Saal und Park verhielten sich zueinander wie kommunizierende Röhren: Aber die Parkröhre lag im Dunkeln, und ihr Inhalt schien mit einer Chemikalie angereichert zu werden, die Frühlingsnacht hieß, denn die Tanzpaare, die aus der dunklen Parkröhre in die beleuchtete Saalröhre zurückkehrten, wiesen psychochemische Veränderungen auf.

Der Park hieß damals Kurpark, und wie er heute heißt, werde ich im Frühling erfragen gehn; noch früher hieß er Schloßpark, und in seiner Jugend war er die Erweiterung eines Gefängnishofes, denn das Schloß war ein Gefängnis gewesen, und in dem Gefängnis hatte eine Königin gesessen. Die Königin hieß Eberhardine, und sie war, wie damals üblich, von ihrem Manne zur Gefängnishaft verurteilt worden. Ihr Mann aber war der starke August aus Dresden, und der war katholisch geworden, um ein paßrechterer polnischer Herrscher sein zu können. Eberhardine aber blieb reformistisch, eine Sozialdemokratin der Gläubigkeit.

Auf dem Podium produzierte sich jetzt ein etwas krummbeiniger »Künstler«, der sich Wangenvokalist nannte und seine schon faltigen Gesichtshälften mit zwei Holzlöffeln bearbeitete, und je nachdem, ob er nun die Wangen aufblies oder sie in mehr oder weniger tiefe Gruben verwandelte, muckerten Töne aus seinem Mund, die man bei gutem Willen als die Töne des Liedchens: »Du, du liegst mir im Herzen« entziffern konnte, und der Wangenvokalist hielt seinen Mund dabei so o-rund wie jene aus Holz geschnitzten Männer im Folklore-Museum in Moskau, die eigentlich Bienenbeuten sind, und die Kurkapelle untermalte dieses Liedchen, das sich der krummbeinige Vokalist aus den Wangen prügelte, und hielt es ein wenig zusammen.

Mein Meister konnte sich nicht genügend über die Möglichkeit wundern, daß man das Fleisch seiner Wangen musikalisieren könne, und er sah in diesem Vokalisten einen hundertprozentigen Kunstschaffenden: »Können Sie von mir denken, was Sie wollen!« Sogleich versuchte er mit dem Teelöffel seine Wangen mit den schwarzen Bartstoppeln zum Klingen zu bringen, aber es gelang ihm nicht, nein, es gelang ihm lediglich, die Haustochter zum Lachen zu bringen, und das war auch nicht wenig wert. Mir schien, als hätte der Meister seine Wangen nur belöffelt, um die Haustochter zum Lachen zu bringen, denn er ließ nichts unversucht, ihre Sympathie zu gewinnen, und er suchte und suchte bei anderen Frauen, was er bei seiner Frau nicht gefunden zu haben schien, man mußte Mitleid mit ihm haben. Ich weiß nicht, weshalb mich das Mitleid mit dem Meister dazu bringt, wieder an Eberhardine zu denken; ich hatte doch mit Königinnen, ob Monarcho-, Himmels-, Bett-, Mode- oder Schönheitsköniginnen, nie etwas im Sinn!

Der starke August aus Dresden ließ durch seine Geheimpolizei verbreiten, die Landeskinder sollten ihre

Landesmutter, die sich nicht rekatholisieren lassen wollte, die *Betsäule von Sachsen* nennen. Überdies ließ er das polnische Volk fordern, man solle der reformistischen Eberhardine die Einreisegenehmigung ins katholische Polen verweigern, und als das alles gediehen war, stellte August Eberhardine anheim, sich freiwillig ins Gefängnis zu begeben, damit sie vor dem »Volkszorne« geschützt wäre. Aber die Sache war die: Eberhardine sollte ihrem August und einer gewissen Gräfin von Cosel, auch anderen Damen und Müttern von zweihundertundfünfunddreißig August-Kindern aus den Augen gerückt werden, und um das dem Volke verständlich zu machen, glaubte August alles ins Ideologische transponieren zu müssen.

Eberhardine war gezwungen, die körperlichen Genüsse, die ihr zustanden, durch geistige zu ersetzen, und sie schwärmte für den verstorbenen Übersetzer, Liederdichter und Kirchenreformator Dr. Luther, und sie hing seiner Reformation an und träumte, träumte elbabwärts, träumte von der *Wittenbergisch Nachtigall.* Da war sie also, die Nachtigall, und ich weiß, weshalb ich auf Eberhardine zurückkommen mußte.

Aber jetzt zur Sache, zur Sache! denn l'art pour l'art ist schlimmer als die Cholera!

Hinter dem Kurpark floß die Elbe durch eine Landschaft aus Wiesen, und im Frühling, wenn sie sich wild erinnerte, daß sie einmal ein Urstrom gewesen war, benutzte sie diese Wiesen eine Zeitlang als Brautbett, und wenn der Brautrausch endete und die Elbe ihr Matronenleben wieder aufnahm, ließ sie Schlafgeldtaler in Form von Tümpeln in den Wiesen zurück, und aus diesen Tümpeln klangen die Glockenrufe der Unken.

Ich tanzte stumm mit der Dame, die das lange wasserehrenpreisblaue Ballkleid trug, und ich wußte wohl, daß sich das nicht ziemte, aber ich war zu müde, und außerdem fürchtete ich, daß die Dame etwas hätte sagen können, was meine Vorstellung von ihr zerstört haben würde. Ich weiß bis heute nicht, ob es eine Stärke von mir ist, daß ich mehr in die Menschen, die mir begegnen, hineinlege, als in ihnen ist, oder ob es eine Schwäche von mir ist, nicht geduldig genug nach den großen Zügen bei ihnen zu suchen, die ich vorausahnte.

Es ging ohne Worte bei mir und der Dame und mit dem, was man landläufig Liebe nennt, voran, denn daß das möglich ist, versicherte der plattnasige Operettist mit kiloschweren Worten: »Lippen schweigen ...« und so weiter. Ich spürte jedenfalls, daß die Sympathie, die ich für die Dame empfand, nicht einseitig war und daß die Dame auch mich kreditwürdig in Sachen Liebe fand. Ich brachte sie nach dem Tanz an ihren Platz und verzierte meinen stummen Dank mit der Seidenschleife eines Lächelns. Es war ein echtes Lächeln, denn nach kurzer Kellnerzeit schaffte ich mir ein Ersatzlächeln, ein Zweitlächeln an, um das echte nicht so sehr abzunutzen, ein Kellnerlächeln. Und ich warf dieses Lächeln auch später, als ich kein Kellner mehr war, nicht in den Lumpensack, denn ich benötigte es immer wieder einmal, es wurde von mir verlangt, und obwohl wir unsere Gesellschaft doch revolutionierten, wird es heute noch dann und wann von mir verlangt.

Die Dame im wasserehrenpreisfarbenen Kleide erwiderte jedenfalls mein echtes Lächeln, und ihr Goldzahn leuchtete wie eine kleine Sonne aus ihrem Mund. – Darauf tanzte mein Meister einen Tango mit ihr, aber er tanzte ihn wie einen Marsch-Fox, und er tanzte auch den etwas schief, denn was der Statur des Meisters wirklich gemäß war, war Walzer rechtsherum. Er trug, nein, er zelebrierte auf seiner Oberlippe den Restposten eines Bartes, eine spätere Hitlerfliege, und auch der Marsch-Fox, den er tanzte, entsproß seinem halbmilitärischen

Hang. Es war ein Höflichkeitsakt, wenn der Meister mit der Dame im wasserehrenpreisblauen Kleide tanzte; doch er machte sie dadurch zu *meiner* Dame und Gespielin, was mich wiederum zwang, ein wohlerzogener Tanzbodenmensch zu sein und doch wieder mit der Haustochter zu tanzen. Ich stieg wieder aufs Parkett, und ich tanzte Tango mit ihr nach der Schnur, und die Tangophase, in der man seine Partnerin mit einem marionettenhaften Anrucken über die Tanzfläche reißt, schubst oder schleudert, als wäre man ein gebleichter Argentinier, beherrschte ich besonders gut. Ich steigerte diesen Tanzteil zu einem Kraftakt, der die Zuschauer fürchten ließ, ich würde meine Partnerin durch die Wand ins Freie befördern. Aber kurz vor dem Hindernis mäßigte ich den *run*, und ich blieb doch im Saal, bis der Rhythmus forderte, daß mich eine neue Welle packte, die mein Blut wieder argentinisierte. Die Haustochter aus Wismar legte sich, wie man in Fachkreisen zu sagen pflegt, in den Tango hinein, und ich fragte sie, wie sie sich fühle, und sie sagte, sie fühle sich fischfrisch, nur fürchte sie sich ein wenig. und sie sah dabei zum Meister hinüber, und ich tröstete sie und sagte ihr, daß sie nichts zu fürchten habe als sich selber. Damit war sie zufriedengestellt, und sie sagte, sie hätte mich gleich für einen gelehrten Menschen gehalten, und das schmeichelte mir. Ich hatte damals noch Respekt vor Gelehrsamkeit, und jetzt habe ich nicht mehr soviel Respekt vor Gelehrsamkeit, besonders nachdem einer meiner besten Freunde, den ich einmal kannte, Texte aus vierundzwanzig Büchern zitierte und abschrieb und daraus ein fünfundzwanzigstes Buch machte, für das er den Doktortitel erhielt, womit ich außer gegen diesen Freund gegen keinen Doktor sonst etwas gesagt haben will.

Ich arbeitete mich also durch den Reunionsabend. Nicht, daß es mich anekelte nein, dazu war ich zu jung, aber ich war müde, und ich schlief ein, wenn ich mich setzte, und das war das Übel, denn jedes Vergnügen zerbröckelt, wenn der Körper durch Dienstverweigerungen bekanntgibt, daß man die ihm zustehenden Rechte mißachtet. Aber ich kam trotz meiner Müdigkeit mit der Dame, die mir der Meister als Haustochterersatz zugeschoben hatte, ins Gespräch; denn ich konnte sie nicht drei, vier Male zum Tanzen holen, ohne mich zu verlautbaren. Überdies wurde ich von ihr bei der Damenwahl engagiert, und es kam zwischen uns – fast ohne Worte – zu einer Vereinbarung, einem Abkommen oder einer Demarche, des Inhalts, daß ich die Sicherheit ihres Heimtransportes zu gewährleisten hatte, und ich weiß nicht mehr, ob die Dame mir das nahelegte oder ob ich mich aus Anstandsgefühl, trotz meiner Müdigkeit, dazu verpflichtet fühlte.

Gleich darauf mußte ich, wie man sagt, stehenden Fußes eingeschlafen sein, obwohl ich noch agierte, engagierte, vielleicht sogar tanzte. Als ich zu mir kam oder erwachte, wie man will, lag ich auf einer Bank, fast hätte ich »im Park« dazugeschrieben, doch es fiel mir rechtzeitig ein, daß das der Titel eines Tanzschlagers aus jener Zeit gewesen wäre (»Auf einer kleinen Bank im Park«) und daß ich damit in den Verdacht gekommen wäre, ein Plagiator zu sein. Man kann in dieser Hinsicht merkwürdige Dinge erleben, und kürzlich wurde ich Zeuge, wie ein Referent einen anderen Referenten bezichtigte, er habe einen Satz aus seinem Referat plagiiert, und der Satz hieß: »Ich habe die Probleme, die auf uns zukommen, herausgearbeitet.«

Die Bank stand unter Lindengesträuch in der Nähe des Deiches, und vom Flusse wehte Wasserduft herüber. Als ich meine Augen öffnete, jene Schlitze im Gesicht, die das Vordringen gewisser Lichtschwingungen zum Hirn ermöglichen, war es, ins allgemein Menschliche übersetzt, ringsum dabei, Morgen zu werden, und hinter dem Deich gongten die Unken schon in ihren Tümpeln, und ich hörte über mir in den großen Lindenstrauchblättern jene Töne, die tief aus dem Blut eines Vogels perlten, die Triller der Nachtigall, wie ich sie als Knabe auf der Heide gehört hatte, und ob das damals nun der Sprosser gewesen war oder nicht, hier handelte es sich vielleicht sogar um eine Nachkommin jener Nachtigallen, die schon zur Zeit einer gewissen Exkönigin Eberhardine oder noch früher im Park geheckt hatten. Mag sein, daß mein Blick, als ich nach dieser Nachtigall in den Lindenblättern suchte, erst ein wasserehrenpreisblaues Kleid streifte, denn als ich die Nachtigall erblickte, war sie blau, und ich wunderte mich nicht darüber, denn mein Blick kam von hinter soviel Bergen unbewältigten Schlafes her, daß ich auch nicht erstaunt gewesen wäre, wenn die Dame, die meinen Kopf – schon wer weiß wie lange – in ihren Armen gehalten hatte, sich Nofretete oder die Königin von Saba genannt hätte.

Und als diese Dame nun bemerkte, daß ich erwacht war, beugte sie sich zu mir, und es war kein langer Weg von ihrem zu meinem Mund, und sie ließ mich nicht aus den Armen und beugte sich zu mir ...

Es widerstrebt mir, zu beschreiben, was jeder auf seine Weise weiß, oder was jeder, der es nicht weiß, einmal auf seine Weise wissen wird. Ich spare aus und überlasse jedem die Möglichkeit, hinzuzufügen, was nur er weiß.

Eigentlich habe ich mein Versprechen erfüllt, wenn ich hier redlich niederschrieb, weshalb die erste Nachtigall, die ich zu Gesicht bekam, eine blaue Nachtigall war, aber ich spüre bis hierher an meinen Schreibplatz in der Kammer eines Pferdestalles die Unzufriedenheit von Lesern, die an perfekte Geschichten gewöhnt sind, die sich außerdem auf den vielzitierten Revolver berufen dürfen, den Tschechow erwähnt, jenen Revolver, der, wenn er in einer Geschichte an der Wand hängt, auch loszugehen habe. Diesen Lesern sei gesagt, daß mir am fortgeschritteneren Morgen jenes Sonntags nicht vergönnt war, in meinem Bett in der Gesellenkammer, dessen Benutzung mir vom Lohn abgezogen wurde, zu schlafen; denn als ich heimkam, war die Kammer von innen verriegelt, und als ich empört an der Klinke rüttelte, lugte die Haustochter beim Türspalt heraus. Sie war sehr unangezogen und wies drauf hin, daß sie mir bereits beim Tanz angedeutet hätte, sie fürchte sich. Ich konnte nicht verstehen, weshalb sie sich noch immer vor dem Meister fürchtete, obwohl sie jetzt in meiner Kammer und in Sicherheit war. Aber die Sache war die: Sie fürchtete den Meister nicht, sondern die Meisterin, denn der Meister war bei ihr, und sie waren beide in meiner Schlafkammer.

Die Haustochter erklärte mir, daß weder das Tellermädchen noch die Putzfrau oder der Hausknecht und nicht einmal der Lehrling etwas Schlechtes von ihr denken könnten, wenn der Meister im Laufe des Vormittags die Gesellenkammer verlassen würde und so weiter. Sie bot mir ihr Zimmer und ihr Bett an, weil niemand der Meisterin etwas berichten würde, der mich aus dem Zimmer der Haustochter kommen sehen würde, auch und so weiter.

Das Leben tritt uns zuweilen kompliziert entgegen, und hier hatte ich es mit einem Fall zu tun, in dem es verkompliziert wurde, und das war nur ein kleiner hausbackener Schlafzimmerfall; an die großen, überdimensionalen Fälle, die in die Weltdiplomatie hineinreichen, wage ich nicht zu denken.

Ich benutzte das Bett und das Zimmer der Haustochter nicht, sondern machte, trotz aller unvertilgter Müdigkeit, einen Spaziergang in den Park, und daß ich die Bank aufsuchte, auf der ich – wie mir schien – vor Wochen einmal geschlafen hatte, die Bank, auf der mir die blaue Nachtigall erschienen war, bewies, daß ich mich verliebt hatte. Jeder Verliebte glaubt, er könne, wenn er an den Platz zurückkehrt, an dem die Liebe ihn und er die Liebe packte, alles noch einmal und unversehrt wiederhaben, aber er kann es nicht wiederhaben, denn die Welt ist im Fluß, obwohl wir nicht wissen, in welchem.

Natürlich sah auch ich die Nachtigall nicht wieder, weder eine blaue noch eine graue, denn sie schlief auf irgendeinem dämmergrauen Plätzchen aus Blattschatten und ruhte sich von der Balz aus.

Ich sah später Nachtigallen, viele, viele Nachtigallen – in Sotschi am Schwarzen Meer, in Karelien, und dort war es womöglich wieder der Sprosser, und ich sah Nachtigallen auf Naxos und Santorin in der Ägäis, Nachtigallen in Kiew am Dnepr, und ich sah Nachtigallen in einer Mühle bei Wusterhausen an der Dosse und im Nikidskij Sad auf Jalta – viele hundert Nachtigallen, aber alle waren grau gefiedert, keine war blau, und ich war verwundert, daß ich nun, nach so langer, langer Zeit, wieder eine blaue Nachtigall sah, just als ich mich aus den Armen einer Geliebten löste; ich sagte es schon, und daß ich es wieder sage, zeugt von meiner Verwunderung.

Die Sache aber war die: Ich wollte eine Geschichte schreiben, und ich dachte tagelang an nichts als an diese Geschichte. Ich schlief wenig, und wenn ich schlief, so schlief ich schlecht, und zwei Tage schlief ich gar nicht, und alles, weil ich eine Geschichte schreiben *wollte*.

Damals brachte mich ein Meister, ein kleiner Auskenner, dadurch, daß er aus mir, seinem Gesellen, ohne Kosten für sich und sein Geschäft auch noch einen Kellner machte und indem er, wie ich später erfuhr, bei einem

Marsch-Fox eine Dame charterte, die mich für längere Zeit im Moorbad halten sollte, in den ausgemergelten Zustand, in dem einem blaue Nachtigallen erscheinen. Wer aber versetzte mich nun, da ich mich ums tägliche Brot nicht mehr zu sorgen hatte, in den Zustand, dem blaue Nachtigallen entfliehen? Wenn es das Unterbewußtsein war, wie ich dem Zuruf von Gelehrten aus der Psychologenbranche entnehme, so ist dieses Unterbewußtsein der größte Ausbeuter, den ich je kennenlernte, und dazu einer, der es sich leisten kann, auf eine Geschichte zu spucken, die ich schreiben *wollte,* an der ich tagelang arbeitete und über der ich fast zusammenbrach, um zu einer Geschichte zu kommen, die ich schreiben mußte: Die blaue Nachtigall.

Geschonneck und ich

Weiß der Teufel, weshalb mich die Leute mit Geschonneck verwechseln! Eine Weile glaubte ich, es läge an unseren Bärten. Dann ließ sich Geschonneck seinen Bart abrasieren, und ich blieb erst recht Geschonneck.

Ich kann Bücher und Bücher schreiben, Romane, Gedichte, Erzählungen, Theaterstücke, ich bleibe Geschonneck. Sobald ich mich auf den Straßen einer Kleinstadt blicken lasse, bleiben die Leute stehen, Radfahrer, sogar Autos halten an. »Sind Sie's, oder sind Sie's nicht?«

Ich sage sofort: »Ich bin es.«

»Wirklich nett, daß Sie unsere Stadt beehren!«

»Ich sah, es gibt hier Sauerkraut.«

»Die Rolle als Petershagen haben Sie wunderbar gespielt.«

Ich sage: »Und die Rolle als Knecht Matti in Brechts Puntila vielleicht nicht? Und den Großbauern in Strittmatters Katzgraben?«

Die Leute zucken mit den Schultern; das ist schon zu lange her.

In Lokalen und auf Untergrundbahnstationen der Hauptstadt werde ich um Autogramme gebeten. Ich gebe reichlich und gern: Erwin Geschonneck.

Ich sprach mit Geschonneck darüber. Er sagte: »Das tust du?«

Ich sagte: »Es fällt mir schwer, die Leute zu enttäuschen.«

»Aber das ist ja Urkundenfälschung!«

»Eine halbe nur«, sagte ich, »denn ich heiße zu allem auch Erwin.«

Ich nahm mit Geschonneck an einer Veranstaltung in Zörbig bei Bitterfeld teil, auf der Künstler gezeigt wurden. Der GEMÜTLICHE TEIL der Veranstaltung wurde mit Tanz UMRAHMT. Geschonneck saß auf einem Barhocker an der Theke. Ich leider nicht. Ich wurde getanzt. Eine Dame holte mich, und ich wußte sofort, daß ich wieder Geschonneck war, und versuchte, mich zu retten: »Aber ich tanze so gut wie ganz schlecht«, sagte ich.

Die Dame aber sagte: »Herr Geschonneck, sind Sie still, ich habe Sie doch im Film tanzen sehn.«

Ich sagte: »Aber im Film hatte ich andere Bedingungen; es wurde Schmierseife aufs Parkett gebracht.«

Die Dame lachte, weil ich Geschonneck und so geistreich war. Sie bekam zu spüren, daß ich nicht tanzen kann, doch es machte ihr nichts aus, und es war ihr direkt angenehm, daß ich ihr die schönen TROMMLER-Schuhe betrat.

Eine Zeitlang trug ich mich mit dem Gedanken, zum Film zu gehen. Ein Bekannter riet ab, es sei mit dem Film bei uns nicht mehr recht was los. Er empfahl mir, zum Fernsehen zu gehen. Das wollte ich wieder nicht, weil man beim Fernsehen spielen kann, wie und was man will, ohne nicht gelobt zu werden, wenigstens in den Rezensionen unserer Zeitungen. Ich aber benötige Kritik.

Nur einmal konnte ich in meiner Laufbahn als Geschonneck einen kleinen Erfolg erringen. Es war in der Pause einer großen Konferenz, und die Teilnehmer standen in Gruppen auf den Gängen. Ich stand mit Geschonneck zusammen in einer Gruppe. Zwei Mädchen aus der FREIEN DEUTSCHEN JUGEND steuerten auf uns zu. Geschonneck sah sie herankommen, und auch ich sah sie herankommen, und Geschonneck behauptete: »Die wollen natürlich ein Autogramm von mir.«

Die Mädchen gingen tatsächlich auf Geschonneck los. »Dürfen wir Sie einen Augenblick stören, Herr Strittmatter?«

Ich verschwand sofort hinter einer Säule und ließ Geschonneck einmal Strittmatter sein. Und die Mädchen fragten, noch ehe Geschonneck richtigstellen konnte: »Weshalb behandeln Sie die Frauen in Ihrem letzten Roman so schlecht?«

Das gönnte ich Geschonneck. Es war eine kleine, schmutzige Rache, die Rache des Mannes im SCHATTEN.

Aber das ist lange her. Inzwischen habe ich mich daran gewöhnt, Geschonneck zu sein, und meinen Namen habe ich fast vergessen.

Aber, wie das so ist, manchmal drängt sich das, was man einmal gewesen ist, doch wieder boshaft-eitel nach vorn, und ich sage den Autogrammjägern: »Ich bin zwar nicht Herr Geschonneck, aber ich spiele die schwierigen Sachen in seinen Filmrollen.«

»Dann sind Sie also der, der für Geschonneck vom Pferd stürzt, wenn im Film geritten wird?«

»So was Ähnliches«, sage ich.

Und siehe da, die Leute wollen trotzdem ein Autogramm von mir, und ich schreibe: »IN DANKBARKEIT ERWIN STRITTMATTER«, und ich sehe, daß sich die Leute freuen, weil das Autogramm eines Mannes, der sich die Knochen nicht bricht, wenn er vom Pferd fällt, auch nicht zu verachten ist.

Die Katze

In den Geschichten vom HERRN KEUNER gibt's eine Stelle, aus der hervorgeht, daß Herr KEUNER-BRECHT Katzen nicht besonders liebt; einer Katze aber, die sich zur Ruhe hingestreckt habe, zolle auch er den nötigen Respekt vor dieser Arbeit. Herr KEUNER-BRECHT hatte also die Katzen gut beobachtet.

Eines Abends kam ich zu Brecht und sah ein schwarzweißes Kätzchen auf seinem Abendbrottisch. Die Wurst hatte es schon von den Broten gefressen, und jetzt leckte es die Butter ab. »Schau an, Herr Keuner und die Katzen!« sagte ich in der Art, wie wir uns gegenseitig zu frotzeln pflegten. Er sagte oft: »Guhn Abend! Wie geht's dem Pferd?«, und spielte auf meine Pferdenarrheit an. Ich stellte fest, daß er von seinem Arbeitsplatz geflüchtet war, damit sich die Katze dort tummeln konnte. Er wurde verlegen, nahm die Sache sehr ernst und gab Erklärungen ab, wieso man eine Katze, wenn sie sich einmal eingefunden habe, nicht sofort und ohne weiteres abschieben könne, und man müsse dies und das berücksichtigen. Aber die Katze fraß, ungerührt von allen Theorien, Brechts Abendbrot.

Bei späteren Besuchen sah ich die Katze wieder. Sie war noch frecher geworden, und meine Frotzeleien wurden nachdrücklicher, weil es mir, ich gesteh es, Spaß machte, ihn, der sonst so schlagfertig war, immer aufs neue in Verlegenheit zu bringen und in KATZENDISKUSSIONEN zu verwickeln. Und ich spielte auf das KLEINE ORGANON an, und daß das eine eben die Theorie und ein anderes die Praxis sei und daß man es doch an der Keuner-Katze sehen könne.

»Natürlich«, sagte er, »dös möcht auch gräßlich ausschaun, wenn dein Pferd sich auf ’m Abendbrottisch wälzen wollt!«

Der Hut

Wir wollten nach Holland fahren. »An Hut sollten mir uns kaufn«, sagte Brecht, »über die Grenze geht man besser mit Hut.«

Ich hielt das für einen Scherz und lachte; er lächelte.

Wir kamen nach Aachen. »Jetzt wär's also Zeit z'wegn dem Hut«, sagte Brecht, und da erst erspürte ich, daß es ihm ernst war mit dem Hutkauf, und mir fiel jene Stelle aus der CARRAR ein, in der es um die Arbeitermütze geht, nach der die Reaktion schießt.

Wir gingen einen Hut für ihn kaufen. Der Laden war vollgestopft mit Hüten von »Spießbürgerglocken« bis zu Zylinderhüten. Brecht versuchte es mit einem Sporthut, setzte ihn auf, stellte sich vor den Probierspiegel und starrte mit weit aufgerissenen Augen, als wäre er erstaunt über sich selber. Ich sollte begutachten. Der Sporthut war fipsig, und Brecht hätte ihn nicht mal in seiner Samson-Körner-Zeit tragen können.

Er versuchte es mit einer Art Trachtenhut. Darin sah er aus wie ein gescherter Jager bei Ganghofer. Noch schlimmer. Jetzt probierte er Hüte in den verschiedensten Grautönen. Auch nichts, allenthalben die Krempen zu mager.

Der eifrige Hutverkäufer wollte sich das Geschäft nicht entgehen lassen. Er schickte ins Lager. Jetzt kamen alle Arten von Schlapp- und Künstlerhüten hervor. Brecht probierte und probierte, starrte sich im Spiegel an und forderte mein Urteil. Nichts, nichts, ein Brecht ohne graue Tuchmütze war für mich unmöglich.

»Wenn ich nur den fänd, wie ihn der Valentin mal gehabt hat«, sagte Brecht und probierte unermüdlich wie bei einer Kostümprobe auf dem Theater. Mit Schlapphüten sah er aus wie ein schlechtgetarnter Einbrecher, besonders, wenn er mit starrem Blick in den Spiegel sah. Er überlegte, ob wir nicht einen anderen Hutladen aufsuchen sollten. Ich riet ab. Mir war, als hätten wir bereits alle Männerhutmodelle der Welt, bis auf ausgesprochene Texashüte, durchprobiert.

Nun, so wollte Brecht, der die Mühe des Hutverkäufers anerkannte, eben einen Schlips kaufen. Alle Schlipse im Laden waren natürlich bunt, wie es die derzeitige Mode vorschrieb. Brecht aber wollte einen grauen Schlips.

Es wurde wieder zum Lager geschickt. Man brachte die altmodischsten Schlipse, über die das Haus verfügte, sogar solche zum Anschnallen waren dabei. Brecht zog einen hellgrauen Schlips aus dem Haufen. »So einer wär schon recht, nur so bunt, wenn er nicht wär!« Die Schlipse, die den Grauton hatten, der Brecht vorschwebte, waren die zum Anschnallen. Da riet ich wieder ab. Schließlich nahm Brecht den dunkelsten Schlips von den hellgrauen.

Der Verkäufer wollte aufseufzen, fing den Seufzer aber ab und hüstelte. Er wollte den Schlips eintüten, doch Brecht kam ihm zuvor, nahm ihn und stopfte ihn in die Jackentasche. Der Verkäufer sah drein, als ob er jemanden Erdbeeren mit dem Messer essen sähe.

Wir kamen an die Grenze. Ein westdeutscher Grenzpolizist prüfte unsere Papiere. Er besah uns von oben nach unten und von unten nach oben: Brecht mit der zerknitterten Litewka und den ausgebeulten Hosen, mich mit der ledernen Motorrad-Rennweste. Dann kam's im Tone eines preußischen Kompaniefeldwebels: »Was, Schriftsteller seid ihr? In dem Aufzug?« Er sah wieder in die Papiere. »Aus der Ostzone natürlich, na, da werd ihr was schreiben.«

Ich ging hoch, verbat mir den Kasernenton. Brecht zitterte vor Empörung, doch er sagte nichts. Man ließ uns passieren, und Brecht sagte, immer noch kopfschüttelnd: »Aber an Hut, wenn wir gehabt hätten ...«

Kundenerziehung

Die Schriftsteller Berlins veranstalteten den jetzt traditionellen Mai-Buchbasar zum erstenmal. Ich sollte Brecht überreden, daran teilzunehmen. Ich überredete ihn nicht, und er nahm teil.

Die Schriftsteller bildeten Gruppen, und jede Gruppe erhielt einen Lastkraftwagen. Man bot Brecht an, in der Fahrerkabine des Lastwagens Platz zu nehmen. Er lehnte ab, obwohl er solche Bequemlichkeiten liebte, doch er wollte stets einen Bekannten bei sich haben, auf den er zurückgreifen konnte. Allein gelassen, schien er schmal wie ein Kind in der Fremde.

Wir fuhren auf die Vergnügungsplätze. Unsere Bücher wurden ausgeladen, und wir eröffneten einen FLIEGENDEN Verkaufsstand. Die Rummelplatzbesucher starrten uns an. Es fiel schwer, sie davon zu überzeugen, daß es MODERN sei, zwischen Schiffschaukeln und Drehorgeln Bücher zu kaufen. Unser Anreißer verhieß eventuellen Buchkäufern die Autogramme der Schriftsteller wie Zugabebonbons.

Schließlich entschlossen sich einige Vergnügungsplatzbesucher, mit der Geste des Erbarmens näher zu treten. Einige mochten Brecht von Zeitungsporträts her kennen und dachten wohl an einen Rummelplatzschwindel, als man ihnen einen Mann in einem immer ein wenig zerknautscht aussehenden Mantel, mit einer etwas fleckigen SCHIEBERMÜTZE und einem nicht gerade frischrasierten Gesicht als ECHTEN Brecht unterschieben wollte. Schließlich probierten sie es mit einem

Autogramm, gewissermaßen, um die ECHTHEIT zu prüfen.

Ich stand neben Brecht, um ihm gegebenenfalls behilflich sein zu können. Mich kannte niemand, denn ich war FRISCHGEBACKEN und hatte soeben meinen ersten Roman mit dem abschreckenden Titel OCHSENKUTSCHER herausgebracht. Brecht aber hatte sich in den Kopf gesetzt, mich bekannt zu machen, und wenn jemand ein Autogramm von ihm wünschte, sagte er: »Sie gestatten, daß ich mir zunächst selber ein Buch kaufe.«

Die Leute wollten natürlich sehn, was für ein Buch der zweifelhafte Brecht kaufen würde, und seine ECHTHEIT wurde wieder in Frage gestellt, als er ein Buch über Ochsen kaufte. Ich mußte Brecht eine Widmung hineinschreiben, und ich schrieb IN DANKBARKEIT hinein, und die Leute kauften mein Buch trotzdem nicht.

War Brecht jetzt entmutigt? Niemals. – Wir fuhren auf den nächsten Vergnügungsplatz, und wir packten unsere Bücher wieder aus, und Brecht kaufte wieder ein Buch von mir, und ich mußte ihm wieder etwas hineinschreiben, und ich schrieb wieder IN DANKBARKEIT hinein, und die Leute kauften mein Buch trotzdem nicht, aber Brecht ließ nicht nach. Er kaufte an jenem Maitag auf verschiedenen Rummelplätzen wohl an sechs, sieben Bücher von mir und nannte das KUNDENERZIEHUNG, und er betrieb sie mit der gleichen Intensität wie die ZUSCHAUERERZIEHUNG in seinem Theater.

Zum Schluß lächelten wir uns an wie Kinder, deren Versuch, Fische mit der Hand zu fangen, fehlschlug.

Wenn ich heute auf dem Maibasar beim Büchersignieren zum Aufschauen komme, denke ich an Brecht und an unseren ersten Buchbasar, und ich weiß nicht genau, was Früchte trägt, seine KUNDENERZIEHUNG oder die Tatsache, daß er mich eine Weile erzog.

Bredel und Brecht

Bei einer Aufzählung unserer Schriftsteller nach dem Alphabet folgt Bredel stets auf Brecht. Als ich mit Bredel näher bekannt wurde, fragte ich ihn, mit dem ich viele gute Gespräche hatte: Was hattest du früher eigentlich an mir auszusetzen, Willi? Du gabst mir manchmal die Hand so widerwillig und sahst mich nicht an.

Bredel überlegte eine Weile: Was kann's gewesen sein, höchstens, daß ich vermutete, du gehörtest zum Gefolge Brechts. Dann lachte er sein strahlendes kindliches Lachen und erzählte: Mit einer seiner *Hofdamen* ist mir doch in Spanien ein Ding passiert. Sie gab sich als dänische Reporterin aus und fragte mich, was ich von Brecht hielte. Ich sagte, schön und gut, er mag wohl ein großer Dichter sein, aber feige ist er, selber kommt er nicht her nach Spanien, er soll nur eine Geliebte aus seinem Harem hierhergeschickt haben, um authentische Berichte über den Krieg zu erhalten.

Alles Weitere erstickte in Willi Bredels großem Lachen. Es schüttelte ihn, sein Bäuchlein sprang, sein Gesicht rötete sich, so daß man stets fürchten mußte, er würde in diesem Lachen tot steckenbleiben: Nun weißt du, ha, ha, ha, was ich gegen den Brecht, ha, ha, ha, und was der Brecht, ha, ha, ha, gegen mich, ha, ha, ha, ha.

Mein Amerika

Es gibt zwei Länder, in denen ich manchmal bin, in denen ich außerdem wohne. Es ist das wendische Land bei Hoyerswerda, und es ist Amerika. Die Zeit, in der ich in einem der beiden Länder bin, ist schwer zu fixieren. Nur eines: Ich wohne nicht lange dort, eine Zeit, so kurz wie die zwischen Eben-noch-Wachsein und Einschlafen.

In das wendische Land bringen mich Töne, slawische Sprachlaute, der Gesang russischer Mädchen oder das Liebesgirren von Frauen.

Nach Amerika bringen mich Bücher, in denen von diesem Lande die Rede ist, einzelne Sätze aus diesen Büchern oder die Pausen vor und nach diesen Sätzen. Oft ahne ich schon, wenn ich den ganzen Satz mit den Augen erfasse, ohne seinen Sinn noch aufgeschlossen zu haben, daß er mich nach meinem Amerika bringen wird.

Mein Amerika: Es kann ein Holzhaus mit einer Veranda sein, ein billiges Haus auf einem wüsten Landfleck. Die Verwandten oder ich allein leben in diesem Haus. Kein anderes Haus weit und breit, aber ein grasendes Pferd gesattelt hinterm Haus.

Es kann eine hölzerne Lade sein, ein Überseekoffer oder ein Möbel, ähnlich der Kommode in der Stube der ewig kranken Vatermutter. Es kann der muffige Schimmelgeruch sein, den nasses Holz erzeugt, es kann das Wort *street* in einem Buche sein. Alle *streets* sind kurz und von Holzhäusern gebildet, und man sieht an ihrem Ende die offene Prärie. Es können Akkorde auf dem

Klavier sein, ganz bestimmte Akkorde, die der Großvater, den ich nicht kannte, im Liebeskummer anschlug. Es kann ein amerikanisches Lied sein, ein Lied, von ausgereisten Männern gesungen, das der Großvater, den ich nicht kannte, dirigiert.

Es kann die Rede von einem rothaarigen Mädchen sein, die mir mein Amerika aufschließt. Es ist jenes Mädchen, das ich nicht kannte, um das sich mein Großvater, den ich nicht kannte, erschoß.

Es kann ein Hund sein, der in einem Satz mitten in einem Buch aufstreunt, und er wird zu meinem amerikanischen Hund, zu jenem, der meinem Onkel Franz den Todesbiß beibrachte. Onkel Franz aber war fünf Jahre alt, als er am Hundebiß starb. Er wäre ein Wunderkind gewesen, wie die Großmutter berichtete, hätte mit fünf Jahren schon Klavier gespielt wie ein Erwachsener. Ich sehe eine geschiente Kinderhand, ein dünnes Brett ragt als Unterlage aus einem weißen Verband, einem Hundebißverband, in Amerika.

Und bald hätte ich's vergessen: Auch schwebende Telefondrähte an summenden Holzmasten in einer deutschen Landschaft vermögen mich heute noch für Augenblicke in mein Amerika zu bringen. Das Ohr an die summenden Masten gelegt, führten wir Gespräche mit unserem Onkel Stefan, dem Deutschland und seine Lehrer nicht gefielen, der heimlich nach Amerika zurückgegangen war.

Und dann Bücher. Ihr Äußeres, der von der Seeluft etwas wellig gewordene Einband, ihre stockfleckigen Seiten mit dem dumpfen Geruch, den Papier ausströmt, das mürb ist und Zerstörungskeime in sich hat. Es können aber auch gewellte, aneinanderklebende Ränder von Buchseiten sein, die braungewölbt sind und die man wenden muß und die mit widerwilligem Trenngeräusch den Blick auf eine Strichzeichnung eröffnen, die uns beim raschen Durchblättern des Buches entgangen war: Kinder in fremden Latzhosen und großen, breitkrempigen Hüten, wilde Pferde und romantisierte Landschaften: Colorado claro.

Das ist mein Amerika, ein Land aus Kindergedanken und Empfindungen, flüchtig wie Blumenduft, uneinfangbar, und je länger ich von ihm schreibe, desto rascher zerfließt es.

Schwertlilien

Am niedrigen Zaun des Hofgärtchens blühen die Schwertlilien. Im Vorjahr ließen wir sie uns als SORTIMENT, als eine Schwertlilienwundertüte, aus einer Erfurter Gärtnerei schicken. Wir wußten nicht, wie ihre Blüten aussehen würden. Jetzt überrascht uns eine nach der anderen mit den Farben, die in ihr sind. Bis zur Nacht wahrt jede ihr Farbgeheimnis. Erst am Morgen erfahren wir, welche Farbenbotschaft und -überraschung uns die jeweils erblühte Staude mitbrachte. Eine blüht rostrot, eine andere schimmert perlmuttfarben, und einen Tag später überrascht uns eine mit einem Blau, daß man glauben könnte, es wäre ein Stück Frühlingshimmel auf sie gefallen.

Diese Farben gehörten den Schwertlilien nicht ursprünglich an. Sie erwarben sie sich mit Hilfe des Menschen. Der Mensch, der große Planetenveränderer, entwickelt sich selber und ruht nicht, bis sich auch die Dinge, die Pflanzen und die Tiere um ihn her entwikkeln. Aber ein Gesetz kann er dabei nicht außer Kraft setzen: WO EIN PLUS IST, IST AUCH EIN MINUS. Was die neuen Schwertlilienarten an Farbe gewannen, verloren sie an Duft.

Wohl deshalb fühle ich mich zu der alten dunkelblauen Art mit den weißgelben Blütenschlünden mehr hingezogen als zu den farbenprächtigeren. Die Farbe und der Duft der halbwilden alten Art erinnern mich an meine Kindheit. Ich meine jene Vorschulkindheit ohne Pflichten. Damals war ich nicht größer, als die

Blütenstengel der Schwertlilien hoch waren. Ich saß unter ihnen in der alten Holzlaube vor dem Elternkotten. Der Lilienduft kam unverzettelt auf meine kleine Nase zu und war von einer milden Eindringlichkeit.

Heute muß ich so tun, als ob ich körperlich noch klein wäre, muß mich niederbeugen oder hinhocken, um am unzerstreuten Duft der Kindheitslilien teilzuhaben, um mich erinnern zu können, was ich damals fühlte. Und ich nehme, wenn ich mich wieder aufrichte, ein kleines Muster der damaligen Gefühle und der Lebenslust in mein zuweilen nicht mehr so harmonisches und von allerlei eingebildeten und suggerierten Ängsten rissig gewordenes Leben. Ich tue es in der Hoffnung, daß dieses kleine Muster wieder in mir Fuß fassen, sich ausbreiten und mir helfen möge, erst für Minuten, dann für Stunden und schließlich für ganze Tage wieder so zu fühlen wie damals: das Leben etwas Selbstverständliches, ich ein unentbehrlicher Teil davon, ein Verwandter der Schwertlilien.

Mein Mantel aus Pferdeduft

Die Stute und ihr Hengstfohlen grasten am See. Der Sattel knarrte, und die Steigbügel klingelten leise. Uralte Laute. Uralt auch das Peinigergeschlecht der grauen Bremsen, die sich an den Pferdehälsen festbissen. Zwei Meter im Umkreis roch die Luft nach Pferdeschweiß. Dort stand ich, hatte den Mantel aus Pferderuch umgenommen und mich für die Nasen der Rehe »unsichtbar« gemacht.

Ein Flugzeug pfiff über den Wald hinweg. Das Geräusch des Überschalljägers regte die Frösche an. Sie quakten, als hätten sie einen Engel gesehn.

Eine Krähe stieg aus den Hochkiefern, umkreiste die Bucht, erspähte mich, stieß einen kurzen Quarrlaut aus, steigerte ihre Geschwindigkeit und grenzte wie ein fliegender Feuermelder ihr Nistgebiet mit Warnschreien ein.

Die Frösche verstummten. Nur einer, der instinkt- oder gehörlos war, quakte weiter. Mein Mantel aus Pferdeduft war für nichts mehr gut. Wieder hatte ein Tier der Luft die Tiere im Wasser und auf dem Lande von einer möglichen Gefahr verständigt.

Windige Geschichte

Der Waldsee ist die Schiefertafel des Windes. Als ich am Sonntagvormittag in die Wälder ritt, las ich auf ihm folgende Nachricht: »Bin etwas müde, doch gut gelaunt. Komme aus Island und fahre ans Schwarzmeer.«

Als ich am Nachmittag heimzu ritt, war die Vormittagsbotschaft gelöscht; eine neue, etwas verspielte, besagte: »Bin mir nicht schlüssig, wo ich mich hin verweh.«

Am Rande des vertäuten Fischerkahns kicherten kleine Wellen.

Auch anderswo macht der Wind seine Eintragungen; auf dem Sand zum Beispiel und winters auf dem Schnee. Schnee und Sand sind die Schmierzettel des Windes. Er beschreibt sie längs und beschreibt sie quer, je, wie er gelaunt und wie er bei Kräften ist.

Der Wald ist das Schreibheft des Windes. Dort schreibt er dauerhafter, gewissermaßen in Reinschrift mit Tinte. Die jungen Bäume wachsen allmählich in die Richtung, in die der Wind jahrsüber am häufigsten hinfährt, und die jungen Birken am Waldrand beugen sich zueinander und flüstern sich Windbeuteleien zu.

Seine künstlerische Handschrift hinterläßt der Wind in den freistehenden Bäumen am Meerstrand oder in Wildobstbäumen auf blachen Feldern. Dort sieht man, wie er formt und erfindet, wie er sich Monumente entwirft.

Hasennarreteien

Man irrt, wenn man glaubt, ein Hase sei ein Hase und nichts weiter als das Stück einer Gattung; denn auch Hasen haben Charakter, und es ist sicher nicht falsch, wenn ich sage: Soviel Hasen – so viele Charaktere.

Einer hat sein Lager am Rande der großen Waldwiese unterm Schirm einer kleinen Fichte. Manchmal paßt es ihm nicht, davonzulaufen, wenn ich vorüberreite. Er hält die Ohren steif, starrt die Stute an und verfolgt ihre Bewegungen. Ich versteh das: Er hat keine Lust, er denkt über etwas nach, und ich kümmere mich nicht um ihn, denn wenn ich allein bin, benötige ich seine Anwesenheit nicht. Wenn ich aber mit Besuch durch den Wald reite, kann's heißen: »Hasen habt ihr hier wohl nicht?«

Dann reite ich an der Waldwiese geradewegs auf das Lager meines VERTRAUENSHASEN zu, und er springt heraus, und die Besucher schrein: »Herrlich, ein Hase!«

Ich weiß natürlich, wo sich mein Hase nun versteckt hat, stöbere ihn auch dort auf, und die Besucher sind entzückt: »Da, wieder einer!«

Und wenn ich den Hasen aus seinem dritten und vierten Versteck scheuche, heißt's: »Noch einer!« und: »Noch einer!«

Dann wird's dem alten Hasen zu albern. Er schlägt einen großen Kreis und rennt zum ersten Lager zurück. Meine Besucher aber sind zufrieden und sagen: »Na, Hasen habt ihr hier noch und noch.«

»Soviel wir wollen«, antworte ich schmunzelnd.

Der Erdstern

Wenn die Pilze wachsen, befällt mich das Sammelfieber, und sofern meine Arbeit es erlaubt, bin ich beim Morgengrauen im Wald.

Jedes Jahr nehme ich mir vor, dem Pilzfieber nicht wieder zu verfallen, denn wenn man nur das Stück Welt vor seinen Stiefelspitzen betrachtet, bringt man sich um viele Erlebnisse.

Heuer glaubte ich, ich hätte das Pilzfieber besiegt. Fast unangefochten ritt ich im Walde umher und sprang nur aus dem Sattel, wenn viele eßbare Pilze auf einem Fleck standen. Gymnastik ist wichtig, war mein Vorwand. Aber eines Morgens sah ich in der Nähe eines Sees an einer Sandböschung ein sechszackiges Pilzgebilde liegen. Im Traben hielt ich es für einen aufgesprungenen Pilzkopf, den ein Sammler weggeworfen hatte, doch die allzu regelmäßig geformten Zacken des geplatzten Pilzhutes hatten meine Aufmerksamkeit erregt, und ich ritt zurück.

Der Pilzhut steckte fest im Sand, und ich löste ihn vorsichtig von seinem Wurzelgeflecht. Auf der Mitte des Pilzkopfes hockte ein weiches Beutelchen, das einem faulen Gallapfel glich. Ich hatte einen Erdstern gefunden.

Fünfzig Jahre war ich Pilzsammler, kannte Abbildungen vom Erdstern, aber gefunden hatte ich ihn nie.

Ich wickelte den Stern in mein Taschentuch und schob ihn in die Satteltasche. Er blieb der einzige Pilz, den ich an diesem Sonntag nach Hause brachte. Es war ein besonderer Sonntag für mich. Ich durchforschte die Bücher der Pilzwissenschaftler. Weshalb hatte dieser Pilz die stilisierte Form eines Sterns?

Ich fand viele Auslassungen über das Wurzelgeflecht, das Fruchtfleisch und die Sporen des Sternpilzes, aber über den Zweck seiner Form fand ich nichts. Einer der Pilzprofessoren schrieb: »Das sternförmige Gebilde erfreut durch sein schönes, zierliches Aussehen.«

Merkwürdig, wo die Forschungen des Professors nicht hinreichten, bediente er sich der poetischen Beschreibung!

Ich durchblätterte die Bücher des Volkes, die Märchenbücher, weil man dort über manche Dinge der Welt Auskünfte in verschlüsselter Form erhält. Ich fand etwas über Sterntaler, doch nichts über Sternpilze.

Aber irgendeinen Zweck mußte das Leben, das in Sandkörnern, Pflanzen und Kreaturen steckt, mit dem gesternten Pilz doch erreichen oder erzwingen wollen! Oder sollte dieses Gewächs vergessen haben, seine Seesternform abzulegen, als es bei der zunehmenden Verlandung unseres Planeten aus dem Wasser kroch, um fortan seine Nahrung aus dem Sand zu beziehen?

Eine neue Form von Pilzfieber hatte mich gepackt.

Mathematik und Wunder

Eine Buche und eine Kiefer wuchsen am Seerand so nahe beieinander, daß ihre Stämme sich gegenseitig wundscheuerten. Buchen- und Kiefernsaft schienen sich zu vertragen, und die Bäume wuchsen an den Scheuerstellen allmählich zusammen.

Als wir diese Kiefernbuche oder Buchenkiefer entdeckten, hielten wir sie für ein NATURWUNDER. Ist man aber erst auf eine solche Besonderheit eingestellt, entdeckt man bald eine zweite und dritte, und so fanden wir im Laufe von zwei Jahren zehn solcher Doppelbäume an den Ufern verschiedener Seen. Sie verloren ihre Besonderheit, aber wir kamen einem mathematischen Gesetz auf die Spur: Das Wunder ist mit der Zahl Eins verknüpft; sobald es sich mit der Zahl Zwei verknüpfen läßt, verwandelt es sich ins Alltägliche.

Rehe auf der Wiese

Der Nebel war gefallen, die Gräser waren voll Tau, und der Morgen war schon fertig.

Ein Vogel rief im Strauch, wie wenn zerschnittene Grünbohnen in eine irdene Schüssel fallen: »Schnipp, schnipp!«

Den Warnruf fingen zwei Rehe auf. Sie standen in einer Wiese, hatten die Köpfe gehoben und spielten mit den Lauschern: ein Bild, das ich hundertmal sah.

Aber kein Morgen und kein lauschendes Reh gleichen dem anderen. Die Gleichmacher sind unsere unzulänglichen Sinne, und wir täuschen uns, wenn wir von zwei Dingen, denen wir Gattungsnamen gaben, glauben, sie seien danach auch im Wesen gleich.

Besonderer Abend

Weiße Wolken schwammen nach Westen, vcrschleierten das kräftige Licht der untergehenden Sonne, und die gefilterten Sonnstrahlen trafen die andächtigen Bäume, und das Baumlaub antwortete in Farben, für die es keine Namen gibt.

Zwei Schnauzerhunde rannten in laubgefüllten Wagengeleisen wie auf Messingschienen. Es raschelte, es duftete, doch für die Hunde war das Fallaub nichts als hindernder Wegmulm; sie rannten den Ausdünstungen des Wildes nach.

Die Räder eines Kleinmotorrades schlurften, sein Motor brummte wie eine gereizte Hornisse: Ein Jäger fuhr waldwärts. Für ihn war der kupferfarbene Fallaub-Terrazzo auf den Fußsteigen ein lästiger Belag, eine Unfallquelle. Er hörte das Singen der Heidlerche nicht, und die untergehende Sonne war für ihn nichts als schwindendes Büchsenlicht.

Ein Mann wanderte nach getaner Arbeit ohne Wünsche umher, ihn erfreute das Farbflimmern auf den herzförmigen Birkenblättern. Er bewunderte die messinggelben Schienen der Hunde und bestaunte den kupferfarbenen Terrazzo der Fußsteige, und er hörte den Heidlerchenhahn singen. Da summte auch er und sprach zu sich selber: »Was für ein Abend, und was für ein Licht!«

Vogelzug

Als die Tage kürzer wurden, sattelte ich jeden Nachmittag mein Pferd und ritt in die Wälder. Ich blieb lange unterwegs und war bei jeder Witterung draußen. Es tat mir gut, den Wettern zu trotzen, und ich erholte mich von einer langen Krankheit.

An manchen Abenden sah, wer aus dem Hause trat, keinen Baum und keinen Pfahl, und alle Dinge waren für ihn in Nacht eingewoben, aber ich sah trotzdem manches, und obwohl mir Schnee und Regen wie Pfeffer und Salz ins Gesicht flogen, war ich guter Dinge; denn meine Stute trug mich durch die Dunkelheit, und ihr Rücken wärmte mich.

Es gab milde Abende, und die Käuze schrien, weil die laue Luft ihnen einen Scheinfrühling unter die Federn trieb, aber es wurde doch Winter.

Ich sah Damhirsche, Hasen und Rehe, immer wieder Rehe, und einmal sah ich einen merkwürdigen Bock, den die galoppierende Stute aus der Schonung stöberte. Es war noch hell, und der Bock stolperte verschlafen über die Schneise. Er hatte nur ein Horn, und das war verformt und lag wie eine Perücke auf seinem Kopfe.

Ach ja, ich sah auch Krähen, Häher und Spechte, und der Schwarzspecht schrie und versteckte sich. Die Ringeltauben weideten in den Fichtenkronen, und ich hörte sie mit den Flügeln klatschen, wenn sie von Wipfel zu Wipfel flogen.

Manchmal schrie ein Erpel auf einem der Seen, und der Wind rieb das Schilf, bis es tönte. Das Seewasser war dunkel wie Tinte, und manchmal war es bunt wie auf Märchenbuchbildern. Von welcher Farbe das Wasser war, hing vom Himmel ab, und es kam auf die Sonne an, wie der Himmel aussah, und es kam wiederum auf die Dichte der Wolken an, ob die Sonne da war oder nicht – eine Kette von Abhängigkeiten.

In einer Dämmerstunde sah ich einen Zug Vögel nach Süden fliegen. Es waren kleine Vögel, und sie zogen dahin. Ich stand unter ihnen; das Licht des Abendhimmels blendete mich, und ich konnte die Farbe ihres Gefieders nicht erkennen. Ich wünschte mir, daß es Heidelerchen wären, weil ich sie ihres Gesanges wegen liebe.

Es war ein Schlauch aus Vogelleibern. Er flog in schlangenartigen Windungen dahin und ähnelte darin jenen hohlen, vom Wind aufgeblasenen Papierdrachen, die die Chinesen in ihren Festzügen mit sich führen.

Wo die flinken Anführer des Vogelzuges aus unerkennbaren Gründen einen Bogen schlugen, tat es auch der Vogelschlauch mit einer erstaunlichen Gleichzeitigkeit aller Vögel.

Ich hielt meine Stute an, denn die Vögel zogen und zogen. Sie nahmen sich aus der Luft über den moorigen Wiesen, strebten dem Walde zu und verloren sich über den Baumwipfeln nach Süden, und es war, als ob vor meinen Augen aus dem Abendschummer immer mehr und neue Vögel entstünden.

Es war kein Laut in der Luft, und ich hörte keinen Flügelschlag, und die Stille, mit der die Vögel zogen, ließ mich an das Unwahrscheinliche in Träumen denken: Es strömte Vögel aus dem Nichts, strömte und strömte, und als der Strom nach Minuten abriß, schien mir, es müßte im Abenddunst etwas wie eine Spur zu sehn sein, ein Weg, wie ihn wandernde Landtiere hinterlassen.

Aber es war kein Weg zu sehn, obschon man annehmen muß, daß auch die Luft Sekundenteile benötigte, sich an der aufgewühlten Vogelstraße zu ordnen und zu glätten.

Kaum aber mochte das geschehen sein, da stob ein loser Schwarm der gleichen Vogelart vorüber, eine Handvoll Vögel, eine Prise – dem großen Zuge von einem zornigen Riesen nachgeworfen. Und die Hand des Riesen hatte dreimal in den WELTVOGELBEHÄLTER gegriffen; denn drei Vogelprisen folgten dem großen Zuge, und der Abenddunst mußte für hundertstel Sekündchen kleine Löcher aufweisen. Die drei Vogelprisen aber schlugen die gleichen Bögen wie der Schlauch aus Vogelleibern vor ihnen, obwohl der ihnen um eine Viertelminute voraus war.

Das alles sah ich, und als sich die letzten Vögel für meine groben Augen über den hohen Kiefern aufgelöst hatten, ritt ich wie einer, der in ein Geheimnis geblickt hat, weiter in die Wälder.

Zu dieser Ausgabe

Die Texte sind folgenden Bänden von Erwin Strittmatter entnommen:

Schulzenhofer Kramkalender. Aufbau-Verlag Berlin und Weimar 1966.

Ein Dienstag im Dezember. 16 Romane im Stenogramm. Aufbau-Verlag Berlin und Weimar 1969.

3/4hundert Kleingeschichten. Aufbau-Verlag Berlin und Weimar 1971.

Wahre Geschichten aller Ard(t). Aufbau-Verlag Berlin und Weimar 1982.

Die Nachtigall-Geschichten. Aufbau-Verlag Berlin und Weimar 1989.